Les Couleurs invisibles

Du même auteur

L'Étonnant Pouvoir des couleurs, Éditions du Palio, 2014 ; J'ai Lu, 2016.
Les Crayons de couleur, Flammarion, 2017 ; J'ai Lu, 2018.
L'Algorithme du cœur, Flammarion, 2019 : J'ai Lu, 2020.

Jean-Gabriel Causse

Les Couleurs invisibles

roman

Flammarion

ISBN : 978-2-0802-8713-7

Il y a trois sortes d'hommes,
les vivants, les morts et ceux qui prennent la mer.
Aristote

À moins que ce soit Socrate.
Certains attribuent cette citation à Platon.
Seule chose de sûre : c'est fichtrement bien trouvé.

Chapitre 1

Les autruches peuvent mourir d'un cancer. J'ai vérifié ce matin sur Internet parce que j'en suis une. Je patiente dans la salle d'attente du service d'oncologie du CHU de Montpellier et je ne veux pas voir la réalité en face. Qui a eu l'idée bizarre de peindre cette pièce en bleu layette ? Le temps passe encore plus lentement quand les murs sont de cette couleur. J'ai envie d'enfouir ma tête dans le revêtement du sol. Sa teinte et ses motifs font penser à du sable.

— Ça va aller, me murmure ma femme Alice sur un ton incantatoire.

Elle me serre la main par à-coups comme pour m'envoyer de sa force. Ça me fait encore plus flipper. Ma radio des poumons présentait de nombreuses taches aussi noires que le Vantablack. On m'a donc fait une biopsie par fibroscopie. Et aujourd'hui, mon cancérologue, le docteur Gillet, va me donner mes résultats d'anatomo-pathologie, « anapath » pour les intimes. Ça fait une semaine que j'entends ce mot du matin au soir. Je le déteste.

Celui qui en a créé les protocoles doit être un sadique. Il a décidé d'employer les mots « positifs » ou « négatifs » pour qualifier les résultats d'analyses. Et pour lui, si l'anapath conclut que les taches sont des tumeurs cancéreuses, c'est positif !

On est le 22 août et la climatisation ne doit pas marcher. Des gouttes de transpiration perlent sur mon front. Je n'ose pas tousser. Cela fait près d'un mois que ma salive prend plusieurs fois par jour un goût ferreux et une teinte cramoisie.

Avant d'être une autruche, j'étais un bisounours qui fumait un paquet de Marlboro par jour. Dans ce monde de peluches, il n'y a jamais de mort. On a bien quelques tracas, mais on s'en sort toujours. Donc le premier bisounours à décéder, c'est moi.

J'ai été foudroyé en lisant le nombre 85. 85, c'est le pourcentage de personnes atteintes d'un cancer du poumon au stade 3 qui en succombent. Et je suis certainement au stade 3. Voire 4. J'ai comparé mes radios des poumons à celles que l'on trouve sur Internet. Copie conforme des cas les plus désespérés, avec des petites taches, des moyennes et même des grosses… sur les deux poumons. D'après les commentaires, cette saloperie a certainement métastasé. J'en aurais au mieux pour quelques semaines. Je ne veux pas y croire. Les radios ne montrent peut-être que des billes qui auraient fait fausse route quand j'étais gamin ou des noyaux de litchis, de cerises, ou…

Je suis bien un bisounours réincarné en autruche.

Que fout le docteur Gillet ?

C'est une femme raide à tous les niveaux : ses cheveux, ses lèvres fines, sa voix sèche, sa posture, le cou bien droit, son attitude coincée. On dirait une statue du musée Grévin. Pas du genre à chanter des chansons paillardes en salle de garde pendant l'internat. Elle m'a reçu à l'hôpital pour la première fois la semaine dernière après ma radio des poumons pour me prescrire une biopsie, mais je suis sûr de l'avoir déjà croisée plusieurs fois à Sète. On doit être voisins. Je me demande même si elle n'habite pas l'immeuble aux volets vert pomme d'à côté.

Je me gratte nerveusement les joues, rasées du matin.

— Concentre-toi sur ta respiration, me dit ma femme, adepte depuis quelques mois des techniques de méditation.

Ça changerait quoi ? me dis-je. La porte de la salle d'attente s'ouvre enfin. Ce n'est pas la cancérologue. Un jeune couple d'une vingtaine d'années. Facile de savoir que c'est elle qui est malade. Elle porte un fichu sur la tête, malgré la chaleur.

C'est étrange comme on peut souvent deviner le prénom des personnes que l'on croise, rien qu'à leur apparence. En tout cas, quand un inconnu nous annonce son nom de baptême, on est rarement étonné. Il a la plupart du temps la tête de l'emploi. Est-ce que le choix du prénom influence notre physionomie ou est-ce que nos parents choisissent nos prénoms en sachant inconsciemment à quoi nous ressemblerons dans le futur ?

Excusez-moi de faire de la philosophie de comptoir, mais c'est pour essayer de penser à autre chose qu'à « mes résultats d'anapath ». Je parierais donc que ce couple qui s'assoit en face de nous s'appelle Agathe et Arthur. J'ai bien envie de leur demander.

Que fout le docteur Gillet ?

Le visage souriant de Pierre Desproges me traverse l'esprit. Je sais pourquoi. Quand il apprit qu'il souffrait d'un cancer, il décida d'aller déjeuner avec un copain à la brasserie Wepler place de Clichy à Paris. Il commanda un plateau de fruits de mer et s'attaqua à un gros crabe rouge carmin. Il le dégusta en silence. Méticuleusement. Il suça l'intérieur des pattes, ne laissa pas une miette de chair dans la carcasse. Quand il eut fini, il regarda finalement son copain et lui dit d'une voix badine : « Un partout ! »

Desproges, lui au moins, il le prenait avec humour.

Que fout le docteur Gillet ?

Je transpire de plus en plus. Je me gratte encore plus fort. J'ai envie de tousser, mais je n'ose pas. Mon mouchoir est déjà assez taché. « Ça va aller », me dit une nouvelle fois Alice en me serrant la main. Je ne crois pas à la méthode Coué.

La porte s'ouvre à nouveau. Le docteur Gillet. Cette statue du musée Grévin semble ballottée par un léger courant d'air. Tous mes sens sont en éveil. La cancérologue ne sourit pas. Je remarque le ton de sa voix un peu hésitant quand elle dit : Antoine Cluzel. Aussitôt une tache de couleur rouille envahit mon champ visuel et brouille légèrement ma vue. La cancérologue me scrute discrètement des pieds à la tête sans me regarder dans les yeux. Elle frôle ma main tendue de ses doigts aussi froids et secs que les mains d'argent d'Edward.

Elle me précède dans le couloir qui mène à son bureau, certainement pour ne pas avoir à croiser mon regard. Sa respiration est profonde. Son pas est lent, comme si elle redoutait le rendez-vous ou comme si elle cherchait les mots justes pour m'annoncer la nouvelle… positive.

La lumière du jour éclabousse le couloir à travers la porte ouverte de son bureau. L'autruche se réincarne en taureau. Un taureau qui va entrer dans l'arène. Oui, le docteur Gillet porte un pantalon safran et un gilet orné de fils brillants qui s'enroulent en volutes. Elle est habillée en matador !

Elle s'assoit derrière son bureau en faisant grincer le ressort de son fauteuil de direction. Ce couinement provoque une coloration violette de ma vue. Le même violet que les chasubles des curés lors des enterrements. Je ne suis pas complètement certain que le couple s'appelle Agathe et Arthur, par contre je suis sûr à 100 % du prénom du docteur Gillet : Cassandre…

J'ai lu il y a quelques jours qu'on avait trois cerveaux. Un cerveau reptilien qui réagit au centième de secondes. C'est le siège des pensées réflexes et de la survie. Il est donc par nature plutôt pessimiste afin de nous permettre de faire perdurer notre espèce. Je sens que mon cerveau reptilien me donne l'ordre de fuir.

Il y a aussi le cerveau limbique, le siège des émotions. Il met à peu près deux secondes à s'activer. Le mien doit redouter que la discussion avec la cancérologue fasse surchauffer ses connexions neuronales. Il me conseille aussi de fuir.

Le troisième cerveau est le cortex. C'est lui qui gère les fonctions intellectuelles complexes. Il met au minimum trois secondes avant de tirer des conclusions. Ce qui veut dire que toute personne à qui vous vous adressez et qui vous répond sans prendre les trois secondes nécessaires le fait par réflexe ou par émotion, mais sans réfléchir. Mon cortex pèse donc le pour et le contre et me livre cette conclusion : *si le cancer était avéré, vu l'état de tes radios, il serait pris en charge trop tard et l'issue serait très certainement fatale à plus ou moins court terme. Jusqu'à présent tu craches un peu de sang mais tu ne souffres pas. À l'instant où tu connaîtras les résultats d'anapath, ta vie va basculer et l'hôpital va devenir ton quotidien pour gagner quelques semaines de souffrance. Donc, quel intérêt « d'entrer » aujourd'hui dans la maladie ?* Mon cortex conclut donc qu'il n'est pas complètement illogique de procrastiner et de différer la réponse.

Fuir, fuir, fuir me proposent donc mes trois mousquetaires à trois secondes d'intervalle. Tous pour un ! Ils prennent le contrôle de mes jambes et me font faire demi-tour dans le couloir.

— Viens, dis-je à ma Mme d'Artagnan en la prenant par le bras. On s'en va.

— Vous m'enverrez les résultats par la poste, dis-je au docteur Gillet sans la regarder dans les yeux non plus. Je ne veux pas savoir. Pas maintenant.

Alice fait un mouvement de résistance en repoussant ma main.

— Ça va aller… lui dis-je en reprenant ses propres mots. En général la méthode mimétique fonctionne.

— Mais… s'insurge ma femme.

J'insiste en tirant plus fort sur son bras.

— Allez ! Ça va ! dis-je en tentant une variante, avec les mots dans le désordre.

Elle se tourne vers le médecin et bafouille un « je suis désolée docteur » avant de me suivre.

J'entends le même couinement violet dans mon dos. Le docteur Cassandre a dû faire un bond sur son fauteuil.

Sète est à une trentaine de kilomètres de Montpellier. Une bonne demi-heure de route.

Je me permets de vous épargner les propos de ma femme dans la voiture. Au début, ils restent feutrés, eu égard à ma plus que probable grave maladie. Mais rapidement ils changent de nature et tournent autour de : « Tu n'es dans le fond qu'un lâche », énoncé sur tous les tons, sous toutes les formes avec des synonymes comme peureux, des antonymes comme « pas courageux », des analogies comme « petite chose ». Elle pourrait parler d'attitude pusillanime, au moins ça élèverait le niveau de la discussion ou plus exactement du monologue. Je reste stoïque. Cramponné au volant, les mains à dix heures dix, le regard loin devant, sur la file de droite de l'autoroute. Elle ne peut rien contre moi, j'ai activé mon meilleur bouclier : je dose précisément la pression sur la pédale d'accélérateur pour que le moteur reste constamment à 1 600 tours/minute. On roule certes à peine à 70 km/h sur cette portion payante de l'autoroute, mais ainsi le bruit du moteur a pour moi exactement la couleur turquoise du lagon de Bora Bora. Mon cerveau m'a entraîné là-bas en colorant légèrement le paysage qui défile. Je baigne dans cette eau très légèrement teintée d'une goutte d'Obao. La voix d'Alice ne porte pas assez loin pour m'atteindre.

Nous arrivons à Sète, le bruit du moteur m'a fait sortir de ma baignade en modulant des couleurs plus criardes. Alice finit au même moment son monologue en hurlant :

— Tu pourrais au moins dire quelque chose !

Quoi dire ?

Que la couleur de son timbre de voix est à mes yeux un abricot sombre, beaucoup trop mûr quand elle crie ? Je préfère vous parler de l'événement majeur qui se déroule en ce moment à Sète, comme tous les ans depuis 1666 : les fêtes de la Saint-Louis. Les meilleurs jouteurs nautiques, tout de blanc vêtu, s'affrontent pendant une semaine sur le canal royal devant une foule bigarrée et compacte. Ils sont juchés à deux mètres de haut, sur un plancher surélevé à l'arrière d'une barque soit bleu soit rouge que l'on appelle une tintaine (se prononce « taiiiiintèneeeee »). Les compétiteurs portent une lance et un bouclier et sont propulsés par dix rameurs. Ils essayent de se faire tomber à l'eau en se poussant avec la lance quand les barques se croisent.

Nous faisons un grand détour pour éviter le centre-ville et nous nous garons enfin devant notre appartement sur le flanc du mont Saint-Clair. Toujours en silence. Alice plante l'estocade finale devant la porte de notre immeuble :

— Tu n'as vraiment rien dans le pantalon !

Je regarde Alice droit dans les yeux. Ses pupilles bleu cendré sont légèrement plus sombres que d'habitude.

Tant qu'à être un couard, me dis-je (ce mot aussi elle a oublié de l'employer), autant l'être jusqu'au bout. Sans un mot, je pivote de 180 degrés et descends à pied vers le centre-ville. J'essaye de faire abstraction de sa dernière phrase qui me rattrape dans le dos :

— Tu me fais pitié !

C'est un peu contradictoire : si Alice avait quelque indulgence, elle ne m'aurait pas enfoncé comme elle l'a fait.

Alice sait très bien où je vais me réfugier. Sur notre voilier.

Pour atteindre le port de plaisance, je dois traverser la fête de la Saint-Louis. J'ai du mal à me frayer un passage tant les quais grouillent de monde. Les haut-parleurs de la ville jouent *Les Marchés de Provence* de Gilbert Becaud, c'est devenu une tradition. La gamme de couleurs que cela m'évoque est intemporelle.

Je trouve subitement cette foule bien insouciante. Comme si la Terre continuait de tourner. J'aperçois finalement notre bateau qui flotte paisiblement perpendiculaire à un ponton. C'est un Dufour 40 CC. 40 pour 40 pieds soit à peu près douze mètres et CC pour cockpit central. Il paraît que l'on est plus en sécurité en haute mer avec un poste de pilotage au milieu de la carène. On a moins de chance de se faire emporter par une grosse vague qui passerait par l'arrière.

Son gelcoat jauni par les UV trahit son âge. Quelques algues vertes au niveau de la ligne de flottaison révèlent mon entretien plus qu'approximatif. Il aurait besoin d'un bon carénage.

3=1 était à vendre depuis longtemps. Alice l'avait repéré parce que son nom l'avait interpellée. Un soir, nous nous sommes imaginés à son bord faisant le tour du monde. Alice nous voyait sous les tropiques, donnant les cours du CNED aux trois filles que nous allions avoir. On en était même déjà à se disputer sur les prénoms. Je voulais les appeler Rose, Garance et Violette parce que ce sont trois teintes qui vont bien ensemble, mais elle préférait des prénoms bretons qui font plus marin.

J'ai toujours plus ou moins navigué, mes parents possédant à ma naissance un voilier de 9 mètres. Toute mon enfance, je les ai entendus me rabâcher que ma première balade en mer, je l'ai faite en sortant de la maternité, soit deux jours après ma naissance. Il paraît que j'ai hurlé sans discontinuer pendant toute la « promenade ». Peut-être parce qu'au fond de moi, la mer m'a toujours fait peur. Je ne sais pas. Ce qui est sûr, c'est que, quand Alice m'a parlé du *3=1*, un pressentiment me disait que ce n'était peut-être pas une bonne idée de s'encombrer d'un bateau. Alors pourquoi ai-je accepté ? Pour faire plaisir à Alice ? Pour prolonger un peu notre rêve de liberté ? Parce que ce n'est pas illogique quand on habite un petit deux-pièces de s'offrir la Grande Bleue comme jardin ? Pour découvrir de nouvelles couleurs ? En hommage à la mémoire de mes parents morts dans un accident de voiture il y a cinq ans ?

Non. Rien de tout ça.

J'ai voulu me débiner en faisant une offre ridiculement basse. Elle a été acceptée sans négociation. Impossible de reculer. Et avant même de trouver un autre subterfuge, Alice avait déjà invité le vendeur chez nous pour conclure la vente.

L'ancien propriétaire, qui était un scientifique un peu allumé, a eu la frayeur de sa vie en essuyant une tempête. À tel point qu'il n'a jamais osé remonter à bord. Même à quai. Il a même insisté pour que la transaction se fasse le plus loin possible du bateau.

Son visage s'est illuminé quand je lui ai tendu le chèque, même s'il était rempli avec très peu de chiffres. Il voulait se débarrasser de l'engin flottant et tout ce qui était à bord. Il n'a même pas repris une petite cuillère.

On dit que quand on est propriétaire d'un bateau, il n'y a que deux moments où l'on se fait plaisir : le jour où on l'achète et le jour où on arrive à le revendre. Moi, je l'ai acheté contraint et forcé. Et je ne connaîtrais certainement pas l'émotion de la revente. C'est Alice qui bientôt s'en chargera. Je n'ai jamais bien compris pourquoi l'ancien propriétaire l'avait baptisé *3=1*. Mais comme je revendique haut et fort que je suis aussi nul en maths que les élèves de la classe de CM2 d'Alice, nous avons conservé ce nom étrange.

C'était il y a dix ans. Nous n'avons toujours pas d'enfants. Quant à notre expérience nautique commune, Alice a rapidement fixé cinq conditions :

Obligation de toujours garder la côte à vue ;

Interdiction de naviguer dans des vagues de plus d'un mètre ;

Interdiction de naviguer par mistral ou tramontane. Le vent est froid et trop irrégulier ;

Interdiction de laisser gîter le bateau de plus de 20 degrés ;

Interdiction de naviguer la nuit.

Résultat, l'étrave de notre Dufour ne s'est jamais aventurée plus loin que Porquerolles à l'est et Barcelone à l'ouest.

Ça fait un moment que je ne rêve plus du grand départ. Maintenant, c'est LE grand départ qui m'obsède. Maigre consolation, si j'y passe dans les prochaines semaines, j'aurai vécu dix-sept ans de plus que James Dean, quatorze de plus que Janis Joplin, Kurt Cobain, Jimi Hendrix, Jim Morrison et Amy Winehouse, huit de plus que Jésus. Mais quatre-vingt-un ans de moins que Jeanne Calment. Je ne pensais jamais que je taperais un jour son nom sur Wikipédia.

J'ai donc décidé de passer la nuit sur le bateau. Seul. Mais connaissant Alice, elle est capable d'embarquer comme une furie pour poursuivre son monologue abricot. Pas du tout envie de sa « pitié ». Je ferme Wikipédia et télécharge la météo sur mon téléphone. Léger vent thermique de terre cette nuit. La tramontane ne se lève pas avant demain midi. Parfait, je vais me réfugier en mer. J'éteins mon portable avant qu'Alice n'appelle. J'enfile mon T-Shirt préféré, un jersey de coton de la couleur exacte des yeux de Mona Lisa, une magnifique teinte noisette que je discerne dans les solos de guitare de Jimi Hendrix. Puis vérifications d'usage : vanne des toilettes fermée, pas d'eau dans les cales, vanne du refroidissement moteur ouverte, vanne d'essence ouverte, batteries chargées, filtre à eau de mer vide, niveau d'huile OK, réservoir d'eau douce plein. Je débranche l'électricité de la borne du quai, démarre le moteur, branche les instruments de navigation et dérange un voisin de ponton pour m'aider à larguer les amarres.

Je croise dans le bassin quelques jouteurs sur leurs barques qui se préparent à en découdre et je laisse le phare vert du port de Sète sur bâbord. Je navigue vers le large au moteur et j'hésite à monter la grand-voile. Le vent est trop léger. Je réfléchis au meilleur cap. Cela bougera moins si je vais du côté des Pyrénées. Je tourne légèrement la barre dans le sens des aiguilles d'une montre et longe la côte à un bon mille pour éviter les filets des pêcheurs.

Soudain un sixième sens, peut-être un sens marin, qui essaye de m'alerter. Qu'est-ce que j'ai oublié encore ? Je refais mentalement ma check-list. Je ne vois pas… Je toussote de l'hémoglobine. Je ne vois toujours pas… Mon moteur se met à toussoter lui aussi… je vois une tache rouge cramoisi dans mes yeux ! Mais je vois surtout ce que j'ai oublié : le niveau d'essence ! J'ai oublié de vérifier la jauge. Une erreur de débutant. Ça fait quarante et un ans que je débute. Depuis le surlendemain de ma naissance. Dimanche dernier, nous sommes sortis en mer, et j'ai eu la flemme de faire le plein de gasoil en rentrant. Je m'en souviens maintenant. Encore une procrastination. C'est idiot de remettre au lendemain un problème détecté, étant donné que tout bateau est sujet à cette satanée loi de Murphy ! Vous la connaissez : tout ce qui est susceptible d'aller mal... ira mal !

J'aurai besoin des dernières gouttes de carburant pour manœuvrer dans le port à mon retour. Je coupe donc vite le moteur. Aussitôt s'installe un magnifique silence, légèrement teinté de cannelle dans mes yeux, sous l'effet du vent léger. Ce silence soudain est toujours un moment magique pour tous ceux qui pratiquent la voile. D'un coup, nous basculons d'un simple moyen de transport à un formidable espace de liberté.

J'ai envie d'une cigarette. Cela fait plus d'une semaine que je rêve d'une Marlboro. Il n'y en a pas dans les équipets, ni dans les placards. Je le sais, j'ai vérifié dimanche dernier. Alice aussi, elle ne me faisait pas confiance. Je vais chercher encore. De toute façon, si j'ai un cancer, c'est trop tard. Je regarde mon mouchoir taché. On dirait un chiffon pour attraper les grenouilles.

3=1, à sec de toile, dérive vers le large. Je n'avais jamais imaginé qu'il y ait autant de courant. Je devine à peine la plage plusieurs milles au nord-est. Le mont Saint-Clair n'est plus qu'une tache brune. Au sud-ouest, je perçois le contour du Canigou, un mont sacré pour les Catalans, planté dans les Pyrénées. Le soleil se couche dans l'axe du Cap d'Agde, colorant l'horizon d'une teinte violacé mat. Ça me donne une idée. Je vais chercher le pot de gelée de groseilles que je m'enfile à la cuillère. L'air est doux. 23 °C sur mon thermomètre. Je suis seul au monde, bercé par une très légère houle de terre. Je m'allonge sur la banquette du cockpit et j'écoute le murmure du clapotis qui court le long de la coque. Mes yeux voient de minuscules taches de couleur jaune qui se mêlent à la cannelle du vent. C'est le plus beau des feux d'artifice. Je vais mourir. Mais là, à cet instant précis, je m'en fous. Il ne manque qu'une cigarette à mon bonheur.

Le soleil a maintenant complètement disparu. Quelques planctons fluorescents peinent à éclairer le sillage du bateau. Un à un s'allument les astres comme des touches ivoire. Je remarque la planète Mars, un peu plus rouge. C'est laquelle, « ma bonne étoile » ? Une qui ne doit pas beaucoup briller. Certainement dans la constellation du Cancer... Ou une dans la constellation des loosers si elle existe. Professionnellement, on ne peut pas dire que j'aurai marqué mon temps. Sur ma carte de visite, il y a marqué « Coloriste free-lance ». Rien à voir avec les coiffeurs. Mon métier consiste à choisir les couleurs de produits ou de gammes de produits pour les rendre attractifs. Le graal de notre profession, c'est de définir les teintes des carrosseries automobiles ou d'être employé par une grande maison de mode.

J'aurais adoré pouvoir conseiller Hermès et choisir les harmonies chromatiques de ses carrés.

Dans ma dernière mission, un chef de produit d'une enseigne de bricolage m'a simplement demandé de définir les couleurs de leur prochaine collection de lunettes de toilette…

J'ai choisi des couleurs de circonstance : celles que provoquent en moi *Demain ça ira* du rappeur Jul. C'est une gamme de teintes acidulées et claires. Un bleu givré, un rose poudré, un vert tendre et un blanc nacré.

*

J'ai compris assez tard que tout le monde ne voyait pas les sons en couleur. C'était précisément dans un cours de chant au collège où le professeur nous dirigeait au piano en jouant pour la énième fois *À la claire fontaine*.

Je lui ai demandé pourquoi cette fois-ci, il avait joué dans les verts alors que d'habitude, il est sur une gamme de bleus. Je revois encore sa bouche grande ouverte devant ma question. Je revois aussi celle encore plus ouverte de tous mes camarades de classe qui rigolaient aux éclats.

Le lendemain, mes parents m'ont emmené voir un psychiatre qui a essayé de rassurer mes parents en leur apprenant que nous étions environ 2 % à rencontrer ce phénomène neurologique que l'on appelle la synesthésie. Certains voient les chiffres ou les jours de la semaine en couleurs. Moi ce sont les sons. À peu près tous les sons. Ils mouchettent mon champ visuel de taches diffuses colorées qui se juxtaposent. Le médecin a ajouté que j'allais peut-être devenir un artiste célèbre puisque des personnalités comme Baudelaire, Kandinsky, Petrucciani ou Van Halen ont cette même disposition.

Quelques années plus tard, comme j'étais aussi nul en poésie, en peinture qu'en musique, j'ai tenté une carrière de coloriste.

Avec le salaire d'Alice et mes quelques missions en free-lance, on s'en sort suffisamment pour rembourser le crédit de notre appartement, entretenir au minimum un bateau pour partir une fois par an en croisière (pas trop loin), et prendre une semaine de vacances à l'étranger si possible là où les couleurs et les sons sont les plus inspirants pour mes yeux. Il y a deux ans : orgie de couleurs saturées dans le brouhaha du marché d'Istanbul. L'année dernière, nous nous sommes immergés dans l'un des plus riches nuanciers de couleurs naturelles qui soient : les montagnes de l'Atlas au Maroc. Toutes les palettes d'ocre, de nacarat, de mordoré ou d'aniline s'y entrelacent sous des reflets diaphanes. Le sifflement du vent avait légèrement teinté ma vision d'un soupçon de vert de chrome. J'étais subjugué. Alice avait insisté pour que nous plongions littéralement dans ces couleurs avec une initiation au parachutisme le dernier jour. À la réflexion, quand notre accompagnateur a ouvert la porte de l'avion, ce n'est peut-être pas une boule dans mon estomac que j'ai sentie, mais une dans mes poumons.

S'il y a quelque chose d'appréciable dans la maladie, c'est que ça pousse à se poser de vraies questions. Je ne m'étais jamais autorisé à faire le bilan de ma vie. J'ai rencontré Alice il y a quinze ans. On faisait tous les deux un jogging sur la plage du petit travers entre La Grande-Motte et Carnon. On courait l'un vers l'autre comme dans un film de Lelouch. On courait également au ralenti, mais c'est parce qu'on était en pleine canicule et que je fumais déjà un paquet par jour. J'avais de la buée sur mes lunettes de soleil. Et je ne l'ai aperçue qu'au dernier moment. Trop tard. Un coup d'épaule plutôt qu'un coup de foudre. Je me suis étalé sur elle dans le sable. C'était du Lelouch, avec Pierre Richard dans le rôle principal.

— Tu ne peux pas faire attention ! ont été les premiers sons que j'ai entendus sortir de la bouche d'Alice. Ses premières récriminations, couleur abricot.

J'aurais dû me douter qu'il y en aurait d'autres. Alors pourquoi est-ce que je suis encore avec elle ? Surtout que si je veux être honnête avec moi-même, je ne crois pas l'avoir jamais aimée. J'ai eu une passion. Forte. Enivrante. Obsédante. Dévorante. Et puis la passion a glissé vers l'habitude, jamais vers l'amour. Je ne crois pas. Je fais semblant. On n'est pas bien ensemble, on est « pas si mal ». On a une poignée de vrais amis, beaucoup de copains. On sort souvent. Peut-être pour éviter de se retrouver face à face.

Au début de l'été, à une fête, l'une de nos relations a cité Gainsbourg en disant qu' « en amour, il y en a toujours un qui souffre et un qui s'ennuie ». Je n'ai pas osé regarder Alice dans les yeux. Je sais qu'elle m'aime et qu'elle souffre. Mais moi le pire, c'est que je ne m'ennuie même pas. Ça me va. Ma médiocrité me va.

Alice pâtit certainement du fait de m'avoir confondu avec un superhéros qui allait lui offrir une vie de rêve. Mais la vraie raison, c'est qu'elle est triste de ne pas avoir d'enfant. D'après les nombreux tests, ça vient d'elle. Elle est stérile. Elle vient de passer les trente-cinq ans. Il doit y avoir une fonction alarme dans l'horloge biologique. Donc notre nouveau sujet de dispute récurrent, c'est l'adoption. Elle me reproche de ne pas sauter de joie devant les brochures qu'elle ramène à la maison. Elle passe des heures le soir sur Internet à étudier tous les organismes plus ou moins exotiques qui « proposent à des enfants d'adopter des parents ». Elle voudrait « être adoptée trois fois » ! J'ai eu le malheur de plaisanter en lui suggérant que l'on pourrait « se donner » à un chat et deux poissons rouges…

La bonne nouvelle avec ma radio des poumons, c'est que ça fait une semaine qu'elle ne me parle plus d'enfant.

Est-ce qu'il n'y aurait pas un vieux paquet de cigarettes dans la table à cartes ? Je vais regarder.

*

Le vent se lève d'un coup, colorant ma vision d'une palette de bruns et de beige. C'est toujours comme ça avec la tramontane. *3=1* commence à danser sur les vagues. Je somnole dans ma cabine. Il fait nuit noire. Les trois aiguilles vert phosphorescent de ma montre se chevauchent vers le haut au moment précis où j'y jette un œil embrumé.

La tramontane est un vent capricieux, elle peut se coucher aussi vite qu'elle s'est levée. Ce n'est peut-être qu'une rafale qui annonce les conditions météo difficiles de demain. Je m'active ou je procrastine ?

Le bateau secoue de plus en plus. Des vagues raides viennent maintenant le gifler dans un bruit marron foncé. Le vent s'engouffre dans les trous des chandeliers soutenant les filières, les transformant en flûtes. Je les imagine dans un demi-sommeil comme des arbitres qui sifflent ma sortie du terrain. Je quitte à regret ma cabine. La mer est d'encre. On dirait le plus grand des tableaux de Soulages. C'est une nuit sans lune. La tramontane a dégagé le ciel. La Voie lactée se dessine et coupe la voûte céleste en deux. Il paraît qu'il y a plus de vingt milliards d'étoiles dans ce ruban !

La tramontane a rafraîchi un peu l'atmosphère. J'enfile une polaire. Je regarde l'anémomètre.

31 nœuds de vent dans une rafale. Je peste contre les fichiers Grib. Encore une fois, la météo s'est plantée.

Je n'ai pas le choix, il faut que je tente une manœuvre que je n'ai lue que dans les livres nautiques : prendre la cape pour stabiliser le bateau. En théorie, ça n'a rien de compliqué : monter un tiers de la grand-voile. La border sur une amure. Mettre la barre à contre. Le voilier doit se retrouver à 30° du vent. Stable.

Sauf que je laisse échapper la drisse ! La drisse, c'est… comment ne pas dire le mot qui commence par « cor » et qui finit par « de » et qui porte malheur sur un bateau ? Disons que la drisse, c'est la ficelle qui fait un aller-retour dans une poulie fixée en haut du mât et que l'on accroche sur la partie haute de la grand-voile pour pouvoir la monter. Si vous laissez échapper la drisse, il y a de bonnes chances qu'elle coulisse sur la poulie et vous ne pourrez plus attraper le retour qui vous narguera à mi-hauteur du mât. Et c'est ce qui vient de m'arriver. Satanée loi de Murphy ! Donc je ne peux plus monter la voile. À moins de grimper au mât en me servant de la drisse d'une voile d'avant. En pleine nuit. Seul. Sur un bateau de plus en plus ballotté par les vagues. Ça non plus je ne l'ai jamais fait.

Le mousqueton se balance dans les airs et vient percuter le mât dans un cliquetis strident rose Barbie même les yeux fermés.

Je pense aux concurrents du Vendée Globe qui font le tour du monde en solitaire et qui sont capables de se hisser en haut de mâts trois fois plus haut que le mien dans les quarantièmes rugissants, je me dis que ce sont des surhommes. À moins que je sois un sous-homme.

Le mousqueton sautille de plus en plus au bout de la drisse et cogne encore sur le mât. À nouveau le cliquetis couleur poupée. Il se moque de moi ce bout de ferraille inoxydable, comme s'il me disait « tu ne m'attraperas pas ». Je reste stoïque malgré la persistance rétinienne. Il continue de me narguer.

Je mets mes deux mains en porte-voix et lui hurle :

— Si je veux, je suis capable de venir te chercher !

Le mousqueton s'écarte dans un mouvement de balançoire et rebondit à deux reprises contre le mât : clic, clic.

— Tu ne me crois pas ?

— Clic, clic.

— Quand tu tapes deux fois, ça veut dire non ?

Le mousqueton virevolte et cogne encore. Une seule fois.

— Toi aussi tu penses que je suis un lâche ?

— Clic.

— Je t'emmerde !

— …

— Et tu veux que je te dise ?

— Clic clic.

— Eh bien, je vais te le dire quand même ! Que je meure aujourd'hui en tombant du mât ou dans trois mois, c'est pareil. Donc je vais venir te chercher, connard !

— Clic clic.

Je repense aux navigateurs solitaires du Vendée Globe. Pour surmonter leurs peurs, ils sont nombreux à équiper leurs bateaux de systèmes de sons puissants. Ils peuvent ainsi jouer de la musique douce à fond. Les mélodies couvrent le bruit du vent et ralentissent leur rythme cardiaque.

L'ancien propriétaire avait équipé le cockpit de *3=1* avec de grosses enceintes étanches. J'allume l'autoradio et passe de station en station pour trouver des couleurs qui me plaisent. Sur France Musique : une sonate de Chopin au piano. Un camaïeu de bleu ciel. Parfait, je tourne la molette du son dans le sens des aiguilles d'une montre, jusqu'à la butée. Je lève les yeux. Je n'entends plus la voix du mousqueton.

Chapitre 2

Il fait jour. Je suis allongé sur la banquette du carré à l'intérieur de l'habitacle. J'ai mal à la tête. France Musique joue un air d'opéra violet. Je déteste. J'ai envie de me lever pour aller éteindre la radio qui est toujours à fond, mais mon corps refuse d'obéir. Mes doigts découvrent un œuf sur mon crâne. Du sang a coagulé dans mes cheveux. Il y a aussi des taches rouges sur l'assise matelassée. Je porte un baudrier d'escalade qui me compresse les testicules. Qu'est-ce que je fais là ? Je me rappelle vaguement être venu m'effondrer dans le carré du bateau cette nuit. J'ai dû perdre connaissance il y a au moins une huitaine d'heures parce qu'il fait jour. Petit à petit les souvenirs me reviennent.

J'avais mis un quart d'heure à retrouver le baudrier de l'ancien proprio au milieu du fatras, au fond d'une cale dans le carré. J'ai pris un cap vent arrière sous pilote automatique et j'ai déroulé un tiers de la voile d'avant que l'on appelle le génois. Le bateau glissant avec les vagues était un peu plus stable. J'ai refait trois fois mon nœud de chaise avec la drisse vert pistache du spi sur le baudrier. Et je me suis hissé au mât. Je crois que je n'ai jamais eu aussi peur de toute ma vie. Le bateau tanguait, gîtait, roulait. Et moi je tapais, tapais, tapais contre le mât en aluminium. Et chaque fois que je montais un peu plus haut, le mousqueton narquois s'élevait à son tour. Il continuait de se ficher de moi. J'ai dû grimper jusqu'à la deuxième barre de flèche, soit six ou sept mètres au-dessus du pont. Et je l'ai enfin attrapé. Puis j'ai commencé à redescendre toujours le long de la drisse de spi. Toujours en me cognant. Après je ne sais plus. J'ai juste un flash où je viens m'effondrer dans le carré.

J'enlève mon baudrier en marmonnant. Ça va, ses sangles n'ont pas eu raison de ma virilité. Je coupe la musique violette et monte péniblement sur le pont. Le bateau avance tranquillement en vent arrière sous pilote automatique et son tiers de génois. Je repère la drisse pistache au sol. Je tire dessus et découvre qu'elle est cassée. Pourtant je l'ai changée, il y a à peine… trois ans…

On ne monte pas au mât sur une drisse qui a trois ans. Qu'est-ce que je déteste Murphy !

Regard circulaire. Je n'aperçois aucun bateau. Le vent souffle en rafale à près de 35 nœuds. Vu les conditions météo difficiles, même les pêcheurs sont restés au port. Je suis seul au milieu d'un disque bleu Cobalt. Le mont Canigou se dessine à l'horizon au sud-ouest. Il paraît plus haut que depuis Sète.

Je n'ai jamais eu aussi mal à la tête et je boite bas. Je m'approche de la bôme et découvre le mousqueton de la grand-voile qui sautille au pied du mât, au gré des vagues. Je le fixe et peux enfin monter un bout de grand-voile pour pouvoir faire demi-tour. Mon GPS m'indique que je suis à 20 milles du port.

Je prends mon téléphone dans l'équipet. J'hésite une seconde puis je l'allume. Aucun message de ma femme. Je lui fais pitié.

Je navigue enfin vers Sète. La mer est courte et formée. Le vent marron foncé est presque de face. Le bateau gîte à plus de 30°. Je n'ai plus d'essence. J'ai perdu beaucoup de sang. J'ai mal à la tête. J'ai envie de vomir. J'ai une cheville en vrac. Qu'est-ce que je fous là ?

Chapitre 3

En y repensant, hier soir, quand je regardais en dévorant mon pot de confiture le coucher du soleil allongé sur le pont de *3=1* qui dérivait paisiblement, j'ai dû toucher du doigt le bonheur. Une joie fugace. Quelques minutes à peine. Mais c'était un de ces moments qui a la faculté de contrebalancer tous les tracas, toutes les frictions, toutes les déconvenues, toutes les désillusions, toutes les injustices, toutes les petitesses, toutes les méchancetés et de vous faire prendre conscience que, malgré tout, la vie vaut la peine.

Ce sentiment de plénitude a duré une poignée de secondes hier. Et il dure depuis trois heures aujourd'hui. J'ai faim, j'ai des croûtes de sang sur le crâne. Je me déplace péniblement en m'appuyant sur une seule jambe. J'ai la nausée, je suis exténué. Mais je suis heureux. Le vent n'est plus marron, il est chocolat et je trouve ça beau. Aujourd'hui je suis invincible. Je viens de me battre. Contre les éléments, contre moi-même. *3=1* pointe enfin son étrave à moins d'un mille du port de Sète !

J'ôte mon T-Shirt et enfile fièrement une marinière rayée bleue et blanche, en coton fin, copie conforme de celle d'Éric Tabarly. Pour la première fois de ma vie, je m'en sens digne. Je cache l'hématome sur mon crâne en passant une casquette et tourne la clé de contact du démarreur.

Le moteur toussote quelques secondes dans les rouges cramoisis et redevient mutique. Je suis en panne sèche. Appel sur le canal 9 pour prévenir le port que je demande une assistance. La capitainerie de Sète me demande de patienter dix minutes et de viser à la voile la station d'essence à l'intérieur de la jetée. On va venir m'aider.

J'envoie un SMS à Alice : « J'atterris. » Je sais que la fête est terminée. Je vais atterrir dans tous les sens du terme.

Je réduis encore la grand-voile et roule complètement le génois. Puis je fais quelques empannages devant la jetée pour patienter tout en restant manœuvrant.

Alice a répondu à mon SMS : « J'arrive. Il faut qu'on parle. »

Je lui envoie un lapidaire : « Ponton essence. »

Elle me renvoie coup sur coup :

« Le docteur Gillet a mis l'enveloppe dans notre b aux l » puis « je l'apporte ».

La fête est vraiment finie.

Je slalome dans le bassin et tire un dernier bord en direction des pompes à essence. Mon cerveau colore ma vision d'une nuée jaune citron, rehaussé régulièrement de taches couleur olive, en entendant les hautbois et les tambours de la fête de la Saint-Louis. J'aperçois Alice sur le quai. Je m'approche. Elle tient à la main une grande enveloppe blanche avec le logo bleu des hôpitaux de Montpellier. Le rabat est déchiré, elle l'a ouverte. Le bateau semi-rigide d'assistance n'est toujours pas là. Je choque en grand la voile pour stopper la course du bateau. *3=1* est parallèle au quai. Je suis à moins de 5 mètres d'Alice. On se regarde dans les yeux. Gravement. Silencieusement. Le courant rapproche doucement *3=1* du ponton. On est maintenant assez près l'un de l'autre pour se regarder dans le blanc des yeux.

Une idée me traverse l'esprit. Mon cerveau reptilien s'y oppose catégoriquement. Mon cerveau limbique est plutôt d'accord. Mon cortex préfère rester neutre.

J'hésite. Finalement je lance la barre à bâbord toute. Demi-tour. Je croise le Zodiac de l'assistance. Son pilote me regarde sans comprendre. *3=1* se faufile entre les digues et quitte à la voile le port de Sète. J'ai raté ma vie. Je vais réussir ma mort.

Chapitre 4

J'observe dans une trouée de ciel azur, un goéland qui se joue du vent. Ce n'est pas sa dextérité qui me touche, ce sont ses couleurs, pourtant relativement basiques. Ses ailes ivoire ont les pointes cendrées. Ses yeux carmin surplombent un bec jaune primaire. Je l'observe comme un designer couleurs qui se demande s'il a choisi les bonnes teintes pour un produit. Oui, l'harmonie est parfaite. Il n'y a rien à changer. On dirait une symphonie de Mozart. Le grand Architecte est sans conteste le meilleur des coloristes. Si j'avais pu avoir dans ma carrière ne serait-ce qu'une fraction de son talent...

Une idée est en train de germer dans mon esprit. Sur leur lit de mort, beaucoup regrettent de ne pas avoir lu certains classiques de la littérature, de ne pas avoir appris un instrument de musique... Et si, avec le don que je possède, je consacrais mes derniers jours à essayer de comprendre ce qui se cache derrière les couleurs ? Et si je perçais le secret des harmonies chromatiques ?

Cela devient pour moi une évidence. Oui, je veux mourir ébloui par le talent du créateur et un peu plus sachant. Je veux voir les plus belles couleurs qu'il a à nous offrir, mais peut-être aussi celles qu'il nous cache et réserve à quelques initiés.

Pour moi les plus belles couleurs sont celles des atolls de l'océan Pacifique. Je ne les ai jamais vues qu'en carte postale ou en tache évanescente dans mes yeux. Qu'est-ce que j'attends ? Je veux voir le camaïeu de turquoise virer au roux quand le soleil se couche.

Je décide donc de reculer au maximum l'inéluctable en fixant moi-même mes conditions. Ce sera en glissant avec mon voilier blanc sur un disque azur étincelant plutôt qu'en me baladant dans un hôpital blafard, en chasuble bleu layette, accroché à un pied à perfusion sur roulettes. Ce sera avec une barbe hirsute, plutôt qu'un crâne chauve. Ce sera la peau brunie par le soleil et salée plutôt que verdâtre et puant la chimie. Ce sera les yeux grands ouverts en contemplant la palette chromatique de dame nature. C'est décidé, je ne laisserai à personne d'autre le soin de conduire mon corbillard.

Chaque mille gagné sur la mer sera une victoire et l'occasion de comprendre les couleurs. Chaque minute un trophée bariolé. Je ne veux pas mourir avant d'avoir vu Bora Bora.

Je hurle à haute voix :

— Monsieur le grand Architecte, s'il vous plaît, gardez-moi en stage le plus longtemps possible.

J'ai un peu de route à faire. Un demi-tour du monde.

Maintenant, pour avoir ma convention de stage, il me faut certainement m'en montrer digne.

Tout d'abord, pour une fois en arrêtant d'être égoïste et en créant le moins possible de dommages collatéraux. Comment faire pour que ma quête sans retour soit la moins traumatisante pour Alice ? Comment faire pour qu'elle m'oublie très vite, trouve enfin « l'homme de sa vie », et adopte trois enfants ?

En passant pour un minable indigne d'elle ! En faisant en sorte que chaque fois qu'elle pense à moi, elle se demande comment elle a bien pu faire pour tomber amoureuse et perdre dix ans de sa vie à mes côtés.

Me montrer « lâche » comme je le fais depuis hier, c'est déjà une bonne entrée en matière. Mais je peux faire mieux. Beaucoup mieux. D'abord en la plaquant par un simple SMS.

J'ai beaucoup réfléchi à la meilleure façon de formuler le message. Pas évident. Et ce n'est qu'au large du fort de Brescou devant le Cap d'Agde que j'ai trouvé l'inspiration. Je lui envoie le texto suivant :

« Je te quite, c'est finit entre nous. »

Vous noterez tout d'abord que j'ai volontairement fait une faute d'orthographe à « quitte » et une à « fini ». Une forme ratée est aussi importante qu'un fond minable.

Quant à la teneur du propos, au-delà du vide de l'argumentation, vous conviendrez qu'il faut vraiment être un abruti pour écrire « je te quitte » et « c'est fini », puisque c'est redondant. Le « entre nous » n'était pas nécessaire non plus, puisqu'elle se doute bien que c'est d'elle dont je me sépare et pas du bateau.

Et pour enfoncer le clou, j'ai changé mon statut sur Facebook, de Marié à Célibataire. Je ne suis pas sûr qu'elle le remarque tout de suite, mais je fais confiance à ses bonnes copines de son groupe de méditation pour lui remonter l'info.

J'éteins mon téléphone de façon solennelle. Je viens de refermer quarante et un ans de vie sur terre. Adieu rasage tous les matins, amis plus ou moins sincères, prêt bancaire, Facebook, Instagram, Pinterest, Twitter, Netflix, Amazon prime, infos anxiogènes sur BFM, réunions de copropriétaires, voisins qui font du bruit, autres voisins qui disent que c'est nous qui faisons du bruit, poubelles que l'on a oublié de descendre, *to-do list*, bons de réduction chez Auchan, contrôle technique de la voiture, aliments sans gluten, lave-vaisselle avec obsolescence programmée, touristes qui se garent à ma place pendant la fête de la Saint-Louis, mais aussi, adieu à mes clients qui me disent tous que les couleurs ça ne se discute pas tout en pérorant quand même pendant des heures…

Qu'est-ce que je me sens léger ! Je réalise à quel point elles étaient lourdes mes valises. Tout ce quotidien qui m'accaparait de 7 h 03 quand sonnait le réveil, jusqu'à minuit ou une heure du matin, avec quelques resucées pendant mes rêves.

C'est peut-être une illusion, mais *3=1* est aérien comme jamais. Il fonce au-dessus des vagues en direction du Cap de Creus juste après la frontière espagnole. La mer a revêtu une étole d'argent plissée. On dirait une robe de Paco Rabane qui scintille à chaque mouvement. J'ai l'impression d'être dans un rêve éveillé.

J'enclenche le pilote automatique au cap 180° et lâche la barre à roue. Le bruit du vent prend des teintes de chocolat de plus en plus noir. Mais comme le vent souffle de trois quarts arrière, je reste manœuvrant. Les vagues grossissent en ondulant dans la même direction : *3=1* se prend maintenant pour un surfeur d'Hendaye. On est tous les deux heureux.

Mais comme je suis maintenant un guerrier, je me dois d'affûter mon arme. Je m'attaque donc à tous les « y a qu'à » de *3=1*. À cause du sel, tout rouille, tout s'abîme, tout vieillit presque à vue d'œil sur un bateau. Et pas seulement les voiles ou l'accastillage. Un voilier habitable, c'est aussi une voiture et une maison réunies évoluant dans les pires conditions, avec des problèmes récurrents de moteur, d'électronique, de plomberie, d'électricité, de menuiserie, d'isolation, de gaz, d'inondation, etc.

Je commence par rebrancher correctement mes deux panneaux solaires de 100 W. Comme je n'ai plus d'essence pour recharger les batteries, j'en ai besoin pour alimenter en électricité mon fidèle pilote automatique qui tient consciencieusement le cap. Puis j'huile, je graisse, je range, je plie, je visse, je cogne au marteau, je perse, je contrôle, je colle, je scotche. Ce n'est pas toujours facile. Les mouvements du voilier et mes membres endoloris rendent le bricolage souvent maladroit.

Régulièrement, je fais une pause, lance un regard circulaire pour prévenir tout risque de collision avec un autre bateau. Puis je fixe le ciel, la mer et la plupart du temps la ligne bicolore de l'horizon. Elle me fascine. À la jonction de cette droite parfaite où se rencontrent l'air et l'eau, je remarque avec une observation attentive que la couleur de l'atmosphère perd son bleu profond et devient de plus en plus pâle. Le ciel se délave en blanc de céruse, avec de très légères touches de couleurs chaudes qui varient selon la position du soleil. Du mauve quand l'astre est dans mon dos. Du rouge bisque, sous le soleil. Juste en dessous de la ligne d'horizon, la mer s'assombrit encore en perdant tous ses reflets. Le contraste est ici maximal, comme sur les rayures de ma marinière. Peut-être que celui qui a inventé ce vêtement l'a dessiné en reproduisant à l'infini les couleurs exactes de l'horizon.

Je passe le Cap de Creus. Les vagues croisées secouent *3=1* qui fait quelques embardées mais réussit à garder sa route. Nous sommes maintenant en Espagne. Je monte donc le pavillon rouge et jaune. Le mien est délavé. J'aime le côté suranné qu'apportent ses couleurs plus mates qui refusent de briller dans les ondulations. J'ai l'impression que c'est mon drapeau qui a envie de caresser le vent et non l'inverse.

Cela fait maintenant plus de vingt-quatre heures d'affilée que je me bats sans relâche contre « Procrastination », pour museler Murphy. C'est un véritable carnage. Je suis sans pitié. J'aperçois enfin le port de Barcelone sur tribord. Une bonne centaine de « y a qu'à » sont devenus des « il suffisait de ». Et le bateau commence à ressembler à quelque chose. Moi pas trop. Je regarde mon reflet dans le miroir de la porte du placard de la salle de bains que je viens de refixer.

Une croûte de sang orne mon crâne. J'ai les yeux rougis, les pupilles dilatées, les traits creusés, la peau couleur lichen. Je me plais. Et je repars au combat pour resserrer les filières sur le pont.

Je devine une bosse bleu nuit très mate qui s'invite au-dessus de la ligne d'horizon sur bâbord. C'est Majorque. Sur l'autre amure du bateau, le soleil se couche. Au jugé, je pense que c'est sur Tarragone. Le vent tourne au nord et fraîchit. Avec des risées qui modulent son bruit. Il se met à nouveau à souffler à travers les trous des chandeliers offrant à mes yeux une symphonie de rose fuchsia. Pourtant ce n'est pas la couleur qui m'intrigue : j'ai l'impression d'entendre une voix familière. Oui, c'est la voix couleur abricot d'Alice ! Qu'est-ce qu'elle me dit ? Ce n'est pas très clair.

— Tuvasouuuuuuuuuuuuuuu, tuvasouuuuuuuu uuuuuuuuuu, tuvaouuuuuuuuuuuuuuuuuu !

— Tu me demandes où je vais ?

— Tuvasouuuuuuuuuuuuuuu, tuvasouuuuuuuu uuuuuuuuuuu, tuvaouuuuuuuuuuuuuuuuuu !

— Je vais parcourir le monde pour apprendre mon métier, dis-je à voix haute avec une intonation que je ne me connaissais pas.

Une voix posée, sereine, sans animosité. J'ai l'impression d'être un philosophe grec qui parle de façon un peu énigmatique à un disciple. Je me caresse la joue, ma barbe de philosophe est encore un peu courte.

*

Mon valeureux destrier galope sur la mer courte de la Méditerranée depuis quatre jours, sans jamais rechigner. Il est en pleine forme. Moi pas du tout. Il n'y a pas un muscle de mon corps qui ne soit endolori. J'ai sommeil. Je suis lent dans mes réflexions, maladroit dans mes mouvements. J'ai faim, j'ai soif, j'ai la nausée. Pour ne pas m'endormir, j'éteins le pilote automatique et prends la barre en restant debout. Je laisse le rocher de Gibraltar sur tribord et découvre une baie. C'est l'antichambre du détroit un peu plus loin. Je suis à deux doigts de vomir. Ma vision est trouble. Les couleurs se mélangent. Je devine à moins d'un mille devant moi sur tribord de somptueuses maisons blanches avec de magnifiques jardins couleur menthe à l'eau qui surplombent la mer. Ça ne me fait ni chaud ni froid. À bâbord, un défilé continu de cargos et de porte-conteneurs plus ou moins rouillés et plus ou moins fumants font une route parallèle à la mienne. Certains puent vraiment le gasoil lourd. J'ai sorti le seau. J'essaye de me forcer à vomir mais je n'y arrive pas.

Le vent est très faible. Pourtant *3=1* avance toujours à plus de trois nœuds. La marée est avec nous. Il y a un fort courant portant. L'eau de la mer Méditerranée se prépare pour son grand bain dans l'océan Atlantique.

Je suis très proche de la côte et veille à ne pas accrocher un filet ou un casier de pêcheur. J'aperçois devant moi, sur tribord, l'entrée du port d'Algésiras. J'ai envie de tourner la roue dans le sens des aiguilles d'une montre. M'arrêter. Me reposer. Faire le plein d'essence, l'avitaillement du bateau, acheter un peu d'accastillage et remplacer quelques « y a qu'à » que je n'ai pas pu réparer, avant de repartir faire le tour de la Terre ou gagner le ciel.

Je serre de plus en plus la côte et je sens des larmes brouiller ma vue. J'ai beau lutter, essayer d'étouffer mes pensées, au bout d'un moment, la pression est trop forte. J'éclate en sanglots. Je suis face à moi-même. Je n'arrive plus à me dérober. Je comprends qui je suis. Je ne suis qu'un menteur. Je mens à tout le monde. Surtout à moi-même. Depuis toujours. Si je m'arrête, je sais que je ne repartirai pas. Et je ne suis même pas capable de me l'avouer. Je me cherche des excuses en prétextant l'avitaillement.

Bernard Moitessier a fait une fois et demie le tour du monde sans aucune escale, sur un voilier rudimentaire. Et moi, sur un bateau moderne, avec pilote automatique, voiles sur enrouleur et électricité, je craque au bout de cinq jours.

Alice a raison, je ne suis qu'un lâche. Voilà pourquoi *3=1* entre dans la baie de Gibraltar. Pour abandonner ma quête de couleurs. Je ne verrai jamais la Polynésie. Je me dégoûte. J'arrive enfin à vomir.

J'ai trouvé mon épitaphe : *Aura même raté sa mort !* Je ferme les yeux et donne le fatidique coup de barre à droite. Je ne veux pas voir mon échec. Pas tout de suite. Encore un manque de courage.

La brume apparaît, enveloppant la mer d'un manteau laiteux. Le paysage est maintenant noir et blanc. Peut-être que le grand Architecte ne m'autorise même plus à voir une seule de ses couleurs…

Le vent est maintenant nul. J'ai beau viser le Real Club Nautico, mon bateau poursuit sa route en crabe à 3 nœuds vers le détroit étrangement calme. Même Éole a compris que j'étais un imposteur. Il m'abandonne complètement et me laisse dériver dans le courant sortant. Les Romains qui s'aventuraient après Gibraltar disaient « sortir derrière les colonnes d'Hercule ». Personnellement j'ai l'impression de sortir de son côlon. Lentement. Sans un bruit. Sans une couleur. Je suis un étron qui dépasse Tarifa. Je vais tomber dans l'Atlantique. Qui va tirer la chasse ? Je ne veux pas savoir. Je m'écroule debout sur la barre à roue.

Chapitre 5

Je me réveille allongé par terre dans le cockpit. Au-dessus de moi la grand-voile faseye lentement. Il n'y a toujours pas de vent. Le soleil est à peu près au même endroit dans le ciel. Mais les couleurs sont revenues. J'aurais dormi vingt-quatre heures ? Je me lève péniblement et regarde la mer. Je ne vois plus aucune côte, plus aucun cargo. Le courant m'a donc poussé au large. Je suis au milieu d'un disque uniforme bleu marine sous un ciel deux ou trois tons plus clairs. Les couleurs me semblent beaucoup plus saturées qu'en Méditerranée. Je descends à la table à carte relever ma position sur le GPS. Mais l'instrument refuse de se connecter aux satellites.

Je réalise que je ne sens plus la douleur sur mon crâne, ni à ma cheville. Tant mieux !

Je fais chauffer de l'eau pour me faire un café tout en faisant le point. J'ai honte de moi. Je me déteste. Je comprends que si j'ai pris la mer, c'est parce que je n'ai pas le courage de me battre contre la maladie. Je reste amorphe à regarder la bouilloire qui me siffle.

Mon cerveau me met un carton rouge fluo dans les yeux. Je reste ainsi une minute. Peut-être plus.

Je me sers un café lyophilisé avec deux cuillères de sucre. Et à chaque gorgée, j'ai l'impression de reprendre des forces. Mentales. Le vent semble se lever. Pour une fois, me dis-je en quittant le carré, tu vas assumer une décision. Je me remets à la barre et observe la mer.

C'est la première fois que je navigue dans l'océan Atlantique. Les vagues sont très différentes de la mer Méditerranée. Elles sont peut-être plus grosses mais beaucoup plus espacées avec une pente moins raide. Dans le creux des vagues, je ne vois plus l'horizon alors que je suis debout. Ce qui veut dire que les vagues doivent mesurer à peu près deux mètres cinquante. Je découvre que *3=1* est plus à l'aise dans cette houle que dans des vagues de 80 cm devant Sète.

13 nœuds à l'anémomètre. Vent du nord-ouest. Mon corbillard est à nouveau manœuvrant. Je vais où ?

Certainement pas à l'est, vers le Maroc, l'Espagne ou le Portugal. Ce serait abandonner.

Au sud vers les Canaries ou le Cap-Vert ? J'ai peur qu'en longeant l'Afrique, au premier moment de faiblesse, je cherche à nouveau à m'arrêter.

Au nord, me perdre dans les glaces ? L'idée est tentante. La couleur des fjords est aussi paraît-il un des plus beaux spectacles qui soient. Je pourrais mourir congelé, être découvert dans quelques siècles et peut-être ressuscité par une médecine qui aura progressé et qui soignera mon cancer aussi facilement qu'une angine. Oui mais je n'aime pas avoir froid. Et le vent actuellement n'est pas favorable.

À l'ouest, vers l'Amérique ? C'est ce qui me semble le plus logique. Partir comme Christophe Colomb découvrir le « Nouveau Monde », il y a forcément de nouvelles couleurs. Il sera toujours temps de descendre plein sud pour passer le Cap Horn ou de virer au sud-est vers Bonne-Espérance pour réaliser mon demi-tour du monde.

Mais pour traverser l'Atlantique, je sais que j'ai plus de chances de trouver des vents portants si je descends en latitude.

Je règle mon pilote automatique en direction du sud-ouest avec un cap 231°. Par superstition : 2, parce que je fais corps avec mon bateau, et 31, parce que mon bateau s'appelle *3=1*.

*

Je passe mes journées à fixer l'océan en observant les couleurs. Je perçois de mieux en mieux les légères différences de teintes, de valeur ou de saturation. Je remarque que la ligne d'horizon vire très légèrement du bleu nuit à l'ébène mate quand je suis dos au soleil.

Mais surtout je trouve les teintes chaque jour un peu plus saturées. Est-ce parce que j'ai gagné en acuité à force d'entraînement ?

Je prends soudain conscience qu'il y a des millions d'années, les variations chromatiques devaient être ici exactement les mêmes, aussi vives. Les couleurs de la nature ne flétrissent pas avec le temps, contrairement à toutes celles des productions humaines.

Devant la proue de *3=1*, à une centaine de mètres, j'aperçois soudain une tache qui contraste fortement. C'est une sorte de couleur chanvre qui apparaît et disparaît dans le creux des vagues. Je dévie mon cap et découvre une masse cubique qui flotte entre deux eaux. Cela ressemble à un vieux casier de pêcheur en polystyrène.

Que nous sommes irresponsables, me dis-je pour souiller ainsi notre planète. C'est ici qu'a commencé la vie. L'océan est notre mère sacrée. Nous lui devons le respect. Il sera encore là, identique, dans des millions d'années avec les mêmes couleurs, mais aussi les mêmes vagues, la même puissance, la même immensité.

Alors que nous ne sommes que de passage. Fragiles. Petits. Furtifs. Insignifiants à son échelle. On finira par s'effacer, comme nos couleurs.

Une idée : je sais que je ne laisserai pas une trace indélébile sur cette planète, alors si je profitais de mes derniers instants de vie pour aider le grand Architecte à laisser immaculée la palette de bleu qu'il a choisie pour recouvrir les mers ? Je vais devenir éboueur de couleurs jusqu'à la fin de mes jours. L'idée me plaît et redonne un peu de sens à mon voyage vers les ténèbres.

Je choque l'écoute de grand-voile et le génois pour ralentir le bateau et je vire face au vent juste avant le casier pour arrêter *3=1*. En même temps, je pense au fameux slogan « sauvons la planète » que l'on claironne dans tous les discours écologistes. Pourtant je crois qu'on se trompe de combat. On doit respecter la nature essentiellement pour sauver nos enfants et toutes les espèces animales et végétales contemporaines.

La nature se remettra de nos inepties, comme elle s'est déjà relevée de la météorite qui a provoqué l'extinction des dinosaures. Cela lui prendra peut-être un peu de temps, mais à son échelle, c'est une fraction de seconde. Elle y survivra. Mais certainement sans nous.

Je prends la gaffe. Le bateau dérive vers la cible que j'aperçois de mieux en mieux. Ce n'est pas un casier de pêcheur en polystyrène, mais une vieille caisse en bois. Les deux tiers de son volume sont sous l'eau, peut-être contient-elle quelque chose. Je me prends à rêver d'un coffre de pirate. Pourtant, sa forme cubique rappelle plutôt une caisse de transport en bois bon marché. Elle mesure une cinquantaine de centimètres de côté. La caisse est recouverte de fientes d'oiseaux. Peut-être une façon pour les volatiles de dire aux humains ce qu'ils pensent de nos manières. Je crochète le bois pourri du bout de la gaffe et tire doucement la caisse que je hisse sur la jupe du bateau. Le dessous est couvert d'algues et de coquillages.

Une étiquette jaunie par le soleil est collée sur le couvercle. Une fine écriture manuscrite est partiellement visible. J'arrive à déchiffrer « Propriété de monsieur Schrödinger ». Il y a aussi une date sur cette caisse. 1935 ! Elle serait dans l'eau depuis presque un siècle ? Quand je vois l'état du bois et du gros cadenas qui ferme le couvercle, je me dis que c'est possible. Même si la caisse ne contient pas le butin d'un pirate du début du XVIIIe siècle, peut-être vais-je trouver quelque chose de précieux.

Je vais chercher ma boîte à outils en classant mentalement, ce qui, à ce jour, a le plus de valeur pour moi :

1) des cigarettes de contrebande. Parce que tous les condamnés à mort ont droit à une cigarette. C'est la tradition ;

2) des bières, du rhum, du cognac, du whisky ou du vin mis en bouteille en 1935 (il n'y a pas une goutte d'alcool sur le bateau, j'ai vérifié au moins 10 fois tout en cherchant des cigarettes) ;

3) Un sextant pour savoir où nous nous situons dans cette immensité.

Je remets le bateau dans le sens de la marche, réenclenche le pilote automatique et reviens m'attaquer à cette étrange caisse. Cisaille à haubans. Le cadenas qui n'est plus qu'un amas de rouille ne résiste même pas une seconde. Je soulève doucement le couvercle et découvre… une vieille étole en fourrure brune. Rien d'autre. Déception totale. J'essuie la rouille de ma cisaille que je range… à sa place, dans un des coffres du cockpit. Enfin je deviens un plaisancier méticuleux ! Mais aussi un marin dépité, me dis-je en fixant la caisse. Je jette à nouveau un œil à l'intérieur et pousse un cri de stupeur, en sursautant. La fourrure a triplé de volume. Et elle bouge !

Je reste tétanisé en découvrant deux petites billes noires qui me fixent sous des oreilles triangulaires. Qu'est-ce que c'est que ça ? Oui… c'est bien un chat angora ! Vivant ! Fringant ! Il saute hors de sa vieille niche, déguerpit à toute vitesse du cockpit et commence à gambader sur le pont avant. Je suis persuadé que cette bestiole ne ressemblait pas du tout à ça quand j'ai soulevé le couvercle. Et puis comment peut-elle être encore en vie ? Je vérifie : il n'y a aucune gamelle avec de l'eau ou de la nourriture à l'intérieur. Et vu l'état de la serrure, le chat devait y être enfermé depuis longtemps. Je perds le matou de vue qui passe sous le génois.

Je me penche pour observer le balcon avant de *3=1*. Je ne vois rien et je comprends. Je viens d'avoir une hallucination. Je n'ai pas mangé depuis plusieurs jours et je n'ai pas assez dormi. C'est la première fois de ma vie que j'hallucine. C'est encore plus incroyable que ce que je pensais, parce que j'ai vraiment l'impression d'avoir vu un chat à poils longs sortir de cette vieille boîte et s'échapper.

Je saisis maintenant ce qu'a ressenti Roland Jourdain pendant une course au large en solitaire : il avait peur de sa boule de compas, la confondant avec une tête de singe ensanglantée. En mer, la fatigue extrême altère la conscience et fait basculer dans une sorte de rêve éveillé.

Pour lever mes derniers doutes, je me rends tout de même à l'avant du bateau en me tenant aux filières du passavant. Et là, devant moi… un ersatz de chat gît sur la baille à mouillage ! Il est tout plat, n'a plus aucune chair. On dirait une descente de lit de dictateur africain, mais en modèle réduit. Des frissons traversent mon dos. Mon cœur s'emballe à nouveau. Je m'approche doucement et touche le cadavre du bout du doigt avec une certaine appréhension. La fourrure est rêche. Je l'attrape par une patte et soulève cette dépouille qui reste rigide. Elle ne doit pas peser plus de cent grammes. Ce chat est raide mort depuis très longtemps.

Il y a forcément une explication. Qu'il ait pu y avoir un cadavre d'animal dans cette vieille caisse, me dis-je, c'est possible. J'ai donc simplement halluciné que ce chat ait pu ressusciter et je l'ai balancé moi-même vers la proue du bateau. Cela paraît logique. Mais c'est incroyable à quel point les hallucinations peuvent paraître réelles.

Je retourne à la poupe de *3=1* et remets la dépouille dans son cercueil, en m'attardant sur l'étiquette extérieure.

Donc, c'est un M. Schrödinger qui t'a mis dans cette caisse en 1935. Fais-moi penser à appeler la SPA sur le canal 16. Adieu petit Schrö, dis-je d'une voix solennelle en le déposant délicatement sur le bois vermoulu au fond de la caisse. Repose en paix ! Je te rejoins dans pas longtemps.

Je ramasse le cadenas qui commençait à tacher le gelcoat de rouge bisque. En le jetant dans le cercueil, je sursaute une nouvelle fois : Schrö dandine gaiement ! Vivant !

J'essaye de comprendre. Il n'y a rien à comprendre. C'est impossible !

Il saute de la caisse et vient se frotter contre mon pied, en ronronnant. Je reste interloqué par ce merveilleux câlin qui vient de briser net mon état de solitude. Qu'il est extraordinaire d'avoir de la compagnie !

J'observe le chat attentivement pendant une vingtaine de minutes en fermant de temps en temps les yeux. J'en conclus trois choses :

1) que Schrö est à la fois vivant ET mort et que selon mon observation, il choisit un état ;

2) que je suis en train de rêver ET/OU d'halluciner ;

3) qu'il faut que j'aille dormir tout de suite.

Mais est-ce que ça existe un rêve ou une hallucination où on va se brosser les dents avant d'aller se coucher ? Je pense à une de ces citations cultes du film *Inception* : « Le rêve semble réel quand on y est. Ce n'est que quand on se réveille qu'on se rend compte qu'il y avait quelque chose. »

Alors peut-être que je ne rêve pas ? On verra demain.

*

Le soleil a pris suffisamment de hauteur dans le ciel pour pouvoir inonder ma cabine de lumière. Je n'ai pas vu passer la nuit.

Je vois une légère lueur vert pomme qui clignote très rapidement dans mes yeux. J'entends en même temps un bruit sourd qui se répète plusieurs fois par seconde. J'ouvre un œil et fais aussitôt un bond dans mon lit. Schrö ronronne, couché en boule juste à côté de ma tête.

Je l'écoute attentivement, j'adore cette couleur. Mais je suis surtout tellement heureux de retrouver ce compagnon d'hier soir.

— Comment se fait-il que tu sois encore là, mon petit Schrö ? lui dis-je en caressant son poil très doux.

Je me fais chauffer de l'eau dans la bouilloire que je verse sur une soupe chinoise lyophilisée. Je la savoure avec autant de plaisir que si c'était Pierre Gagnaire qui me l'avait mitonnée.

Je fais un peu de rangement, repoussant encore de quelques secondes le moment où je devrai encore réfléchir à tout ça.

Coup d'œil circulaire à l'extérieur. Aucun bateau à l'horizon. Je règle un peu les voiles, vérifie le cap sur le pilote automatique et redescends dans le carré. J'ai bien dormi. Je n'ai plus faim. Je me sens en forme. Je ne peux plus procrastiner et dois tirer la situation au clair.

Je retrouve Schrö jouant avec mon linge sale dans la penderie. Je me pince le plus fort possible. C'est un geste stupide. Je suis obligé de trouver un pansement dans la trousse à pharmacie pour arrêter l'hémorragie.

Donc si je ne rêve pas, je dois être en pleine hallucination. Dans ce cas, est-ce possible que je prenne conscience des incohérences ? Je ne sais pas. Est-ce possible de continuer à halluciner après une bonne nuit de sommeil ?

Je prends Schrö avec moi dans la salle de bains pour regarder notre reflet à travers le miroir. Je ferme les yeux plusieurs fois en le tenant dans mes bras. Si Schrö est mort, alors même le miroir a des visions.

Tant qu'à faire, je frotte sa fourrure avec la paume de la main comme on le ferait avec une lampe d'Aladin au cas où il lui viendrait l'envie de me proposer trois vœux. Qu'il soit mort ou vivant, mon petit génie reste mutique.

Le bisou au crapaud pour qu'il se transforme en princesse ne donne pas plus de résultat. Dommage !

Je renonce donc à comprendre. Schrö est mon nouvel ami. Et comme tout ami, je l'accepte comme il est. Vivant et mort.

Il y a maintenant autre chose qui me trouble. Les couleurs tout autour de moi m'apparaissent encore plus saturées. Ma gelée de groseilles me fait maintenant penser à de la jelly anglaise 100 % chimique.

L'océan a revêtu un manteau bleu Klein. Les nuages effilés me font penser aux bandes réfléchissantes des gilets de sécurité.

*

Le vent du nord est régulier. *3=1* file paisiblement en se jouant des vagues qui nous arrivent par le travers. Le soleil est au zénith. Je me dis que Schrö a peut-être faim. Ça fait presque quatre-vingt-dix ans qu'il n'a pas mangé. Je fouille dans la baille du cockpit où je range mon matériel de pêche, et trouve mon leurre préféré. C'est un poisson effilé en plastique d'une dizaine de centimètres plutôt bien imité et flanqué de deux hameçons. On l'appelle le Marlboro, du fait de ces couleurs. Sa tête est rouge et son corps est blanc, comme le paquet de cigarettes. J'ai presque envie de fumer ce bout de plastique, rien que pour son nom.

Je l'attache au fil de nylon de ma canne à pêche et le jette à l'eau. Mon cow-boy chevauche le sillage de *3=1*. Je bloque le moulinet quand il commence à plonger. Il nage exactement deux vagues derrière le bateau, soit à une quinzaine de mètres. Le bateau sous pilote automatique file à quatre nœuds, c'est la vitesse idéale. Quelques oiseaux cendrés observent mon manège depuis le ciel. Un bon signe. Comme disent les vieux pêcheurs, s'il y a des oiseaux, il y a du poisson.

— T'as faim ? fais-je à Schrö en le cherchant du regard.

Il ne m'a pas entendu. Il est mort, la joue contre le sol, les pattes arrière et les fesses en l'air. Ça me rappelle une position de break dance qui fait mal au cou : le baby freeze. Je détourne mon regard, puis observe à nouveau mon ami et répète ma question.

Le gros matou aux poils luisants se lèche la patte. J'interprète cela comme une réponse positive.

*

Le Marlboro remonte de temps en temps à la surface comme s'il voulait reprendre son souffle. Cela fait plus d'une heure qu'il nage derrière le bateau. Il n'y a plus d'oiseaux. Je commence à perdre un peu de mon optimisme. Soudain, j'entends le cliquetis du frein du moulinet qui entraîne quelques mètres de fil dans l'eau. La canne se tord à 90 degrés. Je me précipite sur le taquet coinceur pour choquer en grand les deux voiles et ralentir le bateau. Marlboro a bien travaillé. La prise a l'air énorme ! Le poisson a plongé. Et je n'ai entraperçu que sa nageoire caudale. Elle m'a semblé immense avec des couleurs ultra-saturées ! J'imagine un poisson de plus d'un mètre cinquante ! On est loin des petites daurades de Méditerranée. Est-ce que mon fil sera assez solide ? Le poisson doit peut-être peser un demi-quintal, peut-être plus. Il va falloir le travailler tout en douceur, dis-je à Schrö qui a l'air très intéressé par le spectacle. Je desserre un peu le frein et laisse filer encore un peu. Le poisson doit se situer maintenant à une quarantaine de mètres derrière le bateau. Il remonte partiellement et replonge. Sa nageoire caudale est plate avec une couleur qui oscille entre le bleu azur, le turquoise et le jade. Magnifique ! Je jubile !

— Il va falloir que tu attendes encore quelques heures, fais-je à Schrö qui se lèche les babines.

Je me sens revivre. L'instinct du prédateur. Je mouline doucement et reprends un mètre de fil.

Schrö breake-dance à nouveau. Il est figé dans la position de la toupie, les quatre pattes en l'air.

— Ressuscite Schrö, je te propose d'assister au remake du *Vieil Homme et la mer* d'Hemingway.

Soudain je déchante. La canne a repris sa forme rectiligne. Le fil ne tire plus. Je peste.

— J'ai cassé !

À tout hasard, je mouline à toute vitesse. Il arrive parfois que le poisson nage vers le bateau et que le fil ne soit donc plus en tension. Je rembobine encore et effectivement, je commence à sentir à nouveau une résistance.

— Je t'explique, Schrö ! Le petit malin veut essayer de passer sous la coque. Si le fil se prend dans le safran ou la quille, ça va être compliqué de le remonter.

Soudain, dans l'eau à l'arrière du bateau, exactement sous la canne à pêche, j'aperçois deux jolies mains humaines sortir de l'eau… et s'accrocher à la jupe arrière du bateau… Je vois maintenant… le corps d'une femme aux seins nus sortir de l'eau… Ses longs cheveux mouillés lui masquent le visage. Elle donne un grand coup de reins et jaillit dans les airs, comme le ferait un dauphin. Elle a sauté peut-être à deux mètres de haut ! Elle retombe dans le cockpit juste en face de moi. Une goutte de sang perle de sa bouche. Elle semble fumer une Marlboro en plastique avec l'hameçon planté dans son palais. Mais surtout elle a une magnifique queue de poisson nacrée à la place de ses jambes.

Elle grimace et me hurle quelque chose d'une voix couleur abricot que je reconnaîtrais entre mille :

— Tu ne peux pas faire attention !

Cette voix, c'est celle de ma femme. Et elle m'a déjà dit ça il y a très longtemps, avec exactement la même intonation, le même nombre de décibels, la même couleur. Le jour de notre rencontre.

*

Les minutes qui suivent sont assez floues. Je ne sais pas si je suis en train de m'évanouir, de mourir asphyxié par mon souffle coupé, de faire un arrêt cardiaque, peut-être les trois à la fois. Je l'entends dans une brume lointaine me dire :

— Enlève-moi ce truc-là.

Je reste tétanisé.

— Tu m'écoutes quand je te parle ?

Je n'arrive pas à bouger.

— Allez !

Ma tête tourne.

— Dépêche-toi !

Mes mains tremblent.

Elle prend une voix agacée :

— T'es vraiment…

Je ne lui laisse pas finir sa phrase :

— Stop ! Si je suis parti, c'est aussi pour ne plus t'entendre me parler comme ça !

— On se connaît ? me demande-t-elle d'une voix étonnée.

J'ouvre de grands yeux. Ma femme est belle comme jamais.

— Comment ça, si on se connaît ? Tu n'es pas Alice ?

— Si.

— On ne s'est pas rencontrés sur une plage en faisant un footing et…

Elle me sourit en montrant sa queue de poisson.

— Enfin à l'époque, tu n'avais pas… tu n'étais pas une… tu… Bon… stop !… Qu'est-ce qu'il se passe ?

— Il se passe que j'ai un hameçon planté dans la bouche qui me fait très mal.

Je saisis l'occasion pour m'éloigner, reprendre mes esprits et faire le point.

— Je vais chercher de quoi te l'enlever.

Je trifouille dans la boîte à outils en analysant la situation : ça fait deux jours que les couleurs m'apparaissent complètement psychédéliques ; pourtant je commence à me dire que tout ça ne ressemble ni à un rêve, ni à une hallucination. Et si j'étais… Je n'ose pas dire le mot, ni même le penser. J'ai pourtant envie de me mordre le gros orteil comme le font les croque-morts.

*

Demi-Alice a la mâchoire grande ouverte, allongée sur la banquette du cockpit. J'essaye d'être le plus méticuleux possible avec mes pinces fines et ma lampe frontale. Je ne sais pas pourquoi mais je me dis à ce moment-là que dentiste doit être un métier sympa. Elle grimace par moments. Cela lui relève légèrement la frange sur le front. J'arrive finalement à détacher l'hameçon. Une petite goutte de sang perle dans le haut de son palais. Je regarde sa poitrine. Ses seins sont plus arrogants que dans mes souvenirs. Je suis à quelques centimètres de ses yeux et je constate que je n'ai pas dévisagé ma femme avec autant d'attention depuis longtemps. Ses yeux sont toujours du même vert cendré. Mais ses pommettes sont plus hautes, ses joues plus fermes, ses lèvres plus pulpeuses. Les ridules au coin des yeux et des lèvres se sont effacées. Elle semble avoir rajeuni. Elle a le visage… du jour où je l'ai rencontrée.

— Tu as quel âge ? lui dis-je.

— Toi, tu sais y faire avec les femmes ! D'abord tu me mutiles. Et maintenant tu me poses une question de goujat.

Le timbre de sa voix colore comme jamais ma vision en abricot. Alice fait mine de vouloir retourner à l'eau.

— Non, attends, excuse-moi. J'ai besoin de comprendre. Ce que je crois vivre depuis quelques jours, c'est n'importe quoi. J'ai recueilli un chat vivant et mort… Et maintenant… toi ! (J'avais envie de dire : « Et maintenant, je tombe sur la moitié de ma femme, sous Botox », mais heureusement je me suis retenu.)

— Et pourquoi dis-tu que c'est n'importe quoi ?

— Parce que c'est impossible, c'est tout.

Alice fait une petite moue.

— C'est formidable d'avoir des certitudes ! ironise-t-elle. Tu es non seulement un goujat mutilateur, mais tu es aussi un homme de la caverne.

Je la reprends :

— Chez moi, on dit « un homme des cavernes ».

— Chez moi, on a lu Platon.

— Ça va ! J'ai fait de la philosophie en terminale ! Tu me parles du mythe de la caverne, je connais, c'est… c'est…

Alice attend ma réponse. Elle me sourit et ouvre grand les bras à Schrö qui s'approche pour se faire caresser. Alice vient finalement à mon secours.

— C'est… c'est loin dans ton esprit, c'est ça que tu voulais dire ? Je vais te rafraîchir la mémoire. Imagine des hommes nés dans une caverne, enchaînés face à un mur et vivant paisiblement. Derrière eux, il y a la lueur du soleil qui éclaire partiellement la grotte et qui projette des ombres sur le mur. Mais aucun n'a jamais pu tourner la tête et tout ce que connaissent ces hommes, ce sont donc ces ombres. C'est leur réalité. Et puis un jour, l'un d'eux se détache et sort au grand jour. Il est ébloui par le soleil et prend peur devant ses découvertes. Il est tenté de revenir à sa vie antérieure, tellement rassurante. Mais il persévère et commence à se sentir grandi par son nouveau savoir. Après quelque temps, il retourne dans la grotte pour raconter ce qu'il a vu. Mais personne ne le croit et on se moque de lui.

Alice gratte Schrö sous le menton et me dévisage.

— Tu es encore enchaîné dans tes illusions, poursuit-elle.

— Je crois ce que je vois.

— Et qu'est-ce que tu vois ?

Je regarde la girouette et borde la grand-voile.

— Je vois que le vent vient de baisser et que nous nous traînons maintenant à moins de 2 nœuds, soit à peu près 3 km/h.

— En es-tu sûr ? N'est-ce pas une ombre ?

Je regarde les bulles d'écume s'éloigner doucement derrière *3=1*. Le bateau est quasiment arrêté. Alice remarque mon haussement de sourcils dédaigneux et poursuit en regardant la mer très légèrement ridée :

— Sachant que la Terre est en rotation, tu peux considérer qu'à cette latitude, ton bateau fonce à la vitesse de 1 200 km/h autour de son axe. Sachant que la Terre parcourt 18 millions de kilomètres sur son ellipse en 365 jours, nous voyageons à 108 000 km/h autour du soleil. Sachant que notre galaxie est en rotation autour de son centre, nous nous baladons dans la Voie lactée, avec notre système solaire, à la vitesse de 774 000 km/h. Notre galaxie étant elle-même en mouvement dans l'univers, tu peux considérer que nous fonçons avec ton bateau à plus de deux millions de km/h vers l'Amas de la Vierge.

Alice me regarde en penchant légèrement la tête. C'est bien son attitude quand elle se dit qu'elle m'a mouché.

— Deux millions de kilomètres à l'heure, ça fait combien en nœuds ? ajoute-t-elle.

Ça aussi, c'est bien elle : toujours chercher l'estocade finale. Par principe, je me dois de riposter.

— Puisque madame est tatillonne, je préciserai dorénavant que nous nous traînons à 2 nœuds, vers les Amériques !

— Même pas vrai ! Il y a par ici un peu plus d'un nœud de courant portant, qui augmente la vitesse du bateau.

J'ai subitement envie de relâcher ma prise comme le font les pêcheurs « no kill ». Mais ça ne se fait pas de jeter sa femme à la mer, ni même sa demi-femme. Je marmonne sans desserrer les poings :

— Tu sais, ce n'est pas de la vitesse du bateau dont je voudrais que tu me parles. Mais de ce qu'il m'arrive. Je rêve ? J'hallucine ? ou je… je… je suis mort ? C'est laquelle la bonne hypothèse ?

— Il n'y en a pas d'autres ?

— Non !

— Monsieur l'homme de la caverne, c'est tant pis pour toi si tu n'es pas capable de faire l'effort de te détacher.

Demi-Alice donne un grand coup de reins.

Sa nageoire caudale claque sur le gelcoat. Elle s'élève aussitôt dans les airs, presque au ralenti. Elle tend les bras au-dessus de sa tête et pivote vers le bas, sa queue à la verticale. Elle est peut-être deux mètres au-dessus de la poupe du bateau. Toujours au ralenti, elle réalise un plongeon parfait dans le sillage de *3=1*. Je fixe le cercle d'écume qui s'efface progressivement. Il ne reste plus que quelques bulles arc-en-ciel sur la surface de l'eau. Demi-Alice a disparu.

*

Je me force à me réincarner en autruche. C'est ma meilleure défense naturelle. Je veux oublier tout ça. Oublier mon cancer. Oublier ma demi-femme. Oublier le bleu de la mer maintenant tellement saturé que j'ai l'impression de voguer dans le jardin Majorelle. Oublier Schrö qui gît sur le passavant.

Je reprends ma routine de marin insouciant, heureux d'être en mer et de naviguer. Je règle les voiles, love les écoutes. Je débranche le pilote automatique et prends la barre à roue en fixant l'horizon devant l'étrave de mon voilier, le cerveau vide, le champ visuel légèrement teinté de cuivre par le souffle des alizés. *3=1* semble apprécier que je prenne le relais du pilote. Il accélère de quelques dixièmes de nœuds. Je reste à la barre plusieurs heures, passant au mieux les vagues, avec mes bras qui produisent inconsciemment un léger mouvement de métronome.

Je me sens libre comme jamais… jusqu'au moment où mes aisselles décident de siffler la fin de la récré. Les rayures blanches de ma marinière ont viré depuis longtemps au brun sous les bras. Mais ce n'est pas la couleur des auréoles qui me dérange, c'est l'odeur de ma transpiration. Je prends conscience que je ne me suis pas encore lavé depuis mon départ. Et je pue… la mort !

L'autruche veut sortir la tête du sable. Je ne lui en laisse pas le temps. Je rebranche mon pilote, fonce dans ma salle de bains chercher mon savon bleu roi qui mousse dans l'eau salée. Je remplis un seau d'eau de mer. Je me déshabille et me lave sur le pont en frottant frénétiquement mon corps et mes cheveux. J'en profite pour laver aussi ma marinière. Chaque action physique m'aide à ne pas réfléchir. Je rince à l'eau douce mon vêtement mouillé et l'enfile. Cette sensation de fraîcheur parfumée fait aussi diversion dans mon cerveau. Je ne veux pas penser.

*

Derrière moi, j'entends soudain une voix couleur abricot :

— Salut, monsieur de la caverne.

Je ferme les yeux, faute de pouvoir fermer les oreilles. Peut-être dix secondes. Mais la curiosité finit par reprendre le dessus. Je tourne la tête et l'observe.

Demi-Alice est assise la queue repliée, sur la banquette du cockpit, exactement dans la position de la petite sirène de Copenhague.

— Je veux comprendre, dis-je finalement du bout des lèvres en écartant timidement les bras, mimant Hulk brisant ses chaînes.

— Alors il faut que je te parle des trois blessures narcissiques de Freud.

Peut-être un hasard, mais une semaine avant mon départ, je m'étais surpris en ouvrant une revue indigeste qui traînait sur une table de la salle d'attente de mon radiologue et qui traitait du sujet.

— Je connais, dis-je en soupirant. La première, c'est Copernic qui a démontré que la Terre n'était pas au centre de l'univers. Cela a été un choc pour l'humanité de comprendre que tout ne tournait pas autour de nous.

— Plus d'un a péri sur le bûcher à cause de cette découverte.

— La deuxième blessure, c'est Darwin qui nous a fait comprendre que l'homme était un animal comme les autres, peut-être simplement un peu plus évolué. Cette meurtrissure est encore vive.

Demi-Alice acquiesce d'un mouvement de tête.

— Aux États-Unis, ajoute-t-elle, plus d'une personne sur deux est encore créationniste et refuse d'y croire, malgré toutes les preuves, en particulier celles fournies par l'ADN. Nous avons 60 % de gènes communs avec une simple mouche.

Je ne relève pas et je poursuis, étonné de me rappeler aussi bien de cette lecture :

— La troisième, c'est Freud lui-même qui l'a développée en nous expliquant que notre conscience n'avait pas un grand rôle dans nos décisions et que c'était en fait notre inconscient qui décidait quasiment tout pour nous.

— Ces trois blessures narcissiques nous ramènent donc à notre petite place insignifiante dans l'univers.

— On est peu de chose !

— En fait, ajoute Alice en tapotant le museau de Schrö qui a enfin ressuscité, peut-être pas ! Parce qu'il existe une autre blessure, au moins aussi profonde que ces trois-là réunies et qui remet en cause toutes les certitudes scientifiques.

— Comment ça ?

— Tout est parti d'une découverte majeure que l'on doit aux physiciens travaillant dans le domaine de l'infiniment petit au début du XXe siècle. Max Planck l'a baptisée la mécanique quantique. Les scientifiques étaient jusqu'alors pétris dans leurs certitudes. Ils avaient découvert la gravité, l'électromagnétisme la thermodynamique… Kelvin avait même dit qu'« il ne restait plus grand-chose à découvrir en physique ». Et puis patatras !

— Et qu'est-ce qui se passe dans l'infini petit ?

— Des phénomènes qui ont l'air complètement absurdes et illogiques. À tel point que le prix Nobel Richard Feynman, à la fin de son cours à l'université de Berkeley, a dit à ses étudiants : « Si vous m'avez compris, c'est que je n'ai pas été clair. »

— C'est drôle !

— Einstein était encore plus drôle. Un journaliste lui a demandé un jour si c'était vrai qu'il n'y avait pas sur Terre plus de trois personnes à comprendre vraiment ce qu'était la physique quantique. Einstein s'est gratté la tête et lui a répondu : « J'ai une petite idée, sur qui peut être la deuxième. Par contre la troisième personne, je ne vois pas. »

— J'adore ! Et tu veux faire de moi la troisième personne, en étant le moins clair possible ?

Alice repose Schrö. Elle descend par la force des bras sur la plage arrière du bateau. Elle plonge doucement sa queue dans l'eau en cherchant ses mots.

— Je n'ai pas cette prétention. Je vais juste essayer de te faire comprendre une infime partie des énigmes et des bizarreries qu'induit la mécanique quantique. Concentre-toi. Imagine une plaque avec deux fentes. Si tu lances un électron vers cette plaque, il se comportera comme une vague et passera à travers les deux fentes en même temps.

— Et alors ?

— Si tu places un appareil de mesure derrière les fentes, l'électron se transformera subitement en particule de matière avec une trajectoire droite et choisira l'une des deux fentes. L'électron changera d'état, comme s'il prenait conscience qu'on l'observait. Ce qui veut dire que notre observation modifie le comportement de l'infiniment petit et crée l'univers matériel. Einstein qui a étudié les fentes de Young en était terrorisé. « J'aime penser, disait-il, que la lune est là, même si je ne la regarde pas. »

— Et elle est là ?

— Peut-être. Peut-être pas si l'on en croit Max Planck lui-même, qui « considère la matière comme dérivant de la conscience ». Ce qui nous redonne à nous, simples mortels, un sacré rôle dans l'univers !

J'observe Demi-Alice en me demandant si une femme avec une queue de poisson peut entrer dans la catégorie de simple mortelle.

Je me fais aussi la réflexion que la petite sirène de Disney est plus simple à suivre.

— Tu dois être particulièrement claire parce que je commence à ne plus comprendre grand-chose ! Pourquoi la physique quantique est une blessure narcissique ?

Alice a fermé les yeux. Elle poursuit d'une voix à peine audible :

— Parce qu'elle a levé le voile sur l'étendue de notre ignorance. Kelvin avait tout faux. S'il faut une forme de conscience pour créer la matière, qui est donc à l'origine de la création de l'univers ?

— Tu veux dire que les scientifiques doivent remettre un Dieu dans l'équation ?

— La plupart des physiciens s'y refusent catégoriquement. Mais la mécanique quantique est indéniablement un joli grain de sable qui grippe l'horloge cosmique depuis plus d'un siècle. Et le plus vexant, c'est qu'on ne connaît même pas la nature de ce grain de sable. 95 % de la masse de l'univers est faite d'une matière ou d'une énergie inconnue que l'on appelle *noire*. On vit donc dans une grotte qui n'est même pas très éclairée.

Demi-Alice s'allonge sur la jupe arrière et s'endort. Schrö a dû se sentir aussi dubitatif que moi. Je le retrouve par terre gisant les quatre pattes en croix. Je me dis qu'il serait parfait en décoration devant une toute petite cheminée. Je vais chercher un coussin que je glisse sous la tête bien faite de ma femme, version demi-poisson avec ses écailles fluo.

Je vois la lune se lever derrière l'horizon. Je ne sais pas pourquoi mais ça me rassure. Le peu que j'ai compris, c'est qu'à cause de cette mécanique quantique, les scientifiques ont compris qu'ils n'avaient pas encore compris grand-chose. Moi encore moins.

De plus, je n'ai toujours pas compris si je rêvais, si j'hallucinais ou si j'étais mort.

Par élimination, je crois que je ne rêve pas. J'adorerais avoir des rêves aussi érudits. Mais mes rêves sont beaucoup plus primaires. Ce sont en général des dents qui tombent, des courses-poursuites avec des clients qui ne veulent pas de mes gammes de couleurs ou des scènes de cul qui seraient certainement très bien notées si elles étaient diffusées sur youporn.

Est-ce que j'hallucine ? Je ne crois pas non plus, même si c'est paraît-il fréquent en mer de « discuter avec quelqu'un ». Jean Le Cam par exemple, dans une course du Vendée Globe, a cru dur comme fer que sa sœur l'avait rejoint à bord et qu'ils avaient conversé quelques heures. Mais ça ne me semble pas être la même chose. Les propos de Demi-Alice m'ont semblé clairs, même si je les ai trouvés particulièrement obscurs. Et si notre conversation n'était que le fruit de mon imagination, si j'étais capable d'imaginer quelque chose d'aussi complexe que la mécanique quantique et ses conséquences, je changerais tout de suite de cap, direction le port de Stockholm pour aller chercher mon prix Nobel.

Certes Alice, mon Alice avec des jambes, est institutrice. Mais je parierais beaucoup d'argent que ce n'est pas au programme des cours de physique de CM2. Donc je n'ai pas vu ça dans les copies de ses élèves.

Donc… par élimination… il reste une mauvaise et une bonne nouvelle. La mauvaise, c'est que je suis… mort. La bonne, c'est qu'il y a une vie après. Je n'ai pas vu le tunnel avec une lumière blanche au fond. Je ne suis pas sorti de mon corps en me regardant de l'extérieur. Pas croisé non plus de type habillé d'une toge écrue avec un gros trousseau de clés à la ceinture. Mais peut-être que ça dépend de la façon dont on meurt.

Comment la faucheuse m'a-t-elle emporté ? Est-ce que ce serait par le cancer du poumon dans une version foudroyante ? J'ai cru comprendre que cette saloperie nous faisait souffrir de nombreuses semaines avant de nous achever. Je n'ai jamais eu mal et je n'ai quasiment pas craché de sang pendant toute la descente de la mer Méditerranée. Il faut donc se rendre à l'évidence, j'ai succombé d'épuisement au niveau de Gibraltar. Après une semaine de mer seulement. Moi qui me prenais secrètement pour un grand navigateur capable de faire le tour du monde… Cela aurait quand même eu plus de gueule de périr devant la palette de couleurs d'Hiva Oa dans les îles Marquises et d'être enterré à côté de la tombe fleurie de Gauguin. À la réflexion, mon Alice sur jambes avait raison de me faire remarquer que j'étais une petite nature.

Donc j'ai trépassé, me dis-je en sentant tout de même mon cœur battre dans ma poitrine. Et dans ma vie d'après, s'il existe un Dieu, il m'a rendu ma femme. Mais pas entière. Comment dois-je l'interpréter ? Je m'approche discrètement d'Alice qui dort paisiblement. Elle est nue allongée sur le dos. Son nombril monte et descend au rythme de sa respiration. J'approche mon visage à une trentaine de centimètres de son ventre et regarde plus attentivement la jonction entre sa queue et ses hanches. Plus précisément au niveau de là où devrait se situer son pubis. C'est bien ce qu'il m'avait semblé : elle n'a pas de sexe. Est-ce que c'est une façon de me faire comprendre que je n'ai pas été admis au paradis ? Logique. Si j'y réfléchis, il n'y a pas beaucoup de bonnes actions dans la balance de mon âme.

Heureusement, je n'ai pas non plus l'impression d'être en enfer. J'observe le ciel de tous les côtés, je ne vois aucun nuage menaçant. Il est certain que dans des rafales de 50 nœuds et des creux de six mètres, naviguer sur un bateau de 40 pieds doit ressembler à l'enfer. Par curiosité, je me penche sous le vent du bateau, je passe ma main sous les filières et la descends le long du franc-bord pour toucher la crête d'une vague. L'eau est plutôt fraîche. S'il y avait un océan en enfer, il serait probablement brûlant.

Entre l'enfer et le paradis, il y a le purgatoire. Je dois être là-dedans. Ce n'est pas génial, mais il y a pire. Je navigue dans la pétole, c'est toujours mieux que d'affronter une tempête. J'ai un animal de compagnie, mais seulement par intermittence. Une femme nue se prélasse à l'arrière de mon bateau, mais elle n'a pas de vagin. Sa discussion n'est pas déplaisante mais ça reste de la physique quantique.

Peut-être que le purgatoire est un cours de rattrapage. On reprend un à un tous les sujets importants sur lesquels on a fait impasse pendant sa vie. Une sorte de mise à niveau pour pouvoir prétendre au paradis. Il faudra que je demande à Demi-Alice s'il y a un examen en fin d'année. Si c'est le cas, j'espère que la physique des particules n'a pas un trop gros coefficient.

Je la regarde dormir. Elle est belle, comme un ange aquatique. Sa queue de poisson brille comme jamais de reflets iridescents. Son sommeil semble contagieux. Je ferme un œil à mon tour et m'endors en m'allongeant à ses côtés sur la plage arrière.

*

J'ai une autre bonne nouvelle avec la mort : on peut s'endormir et faire de merveilleux rêves :

Demi-Alice et moi, sommes assis côte à côte sur la plage arrière du bateau. Nous admirons le soleil qui se faufile entre deux nuages. Le ciel prend une teinte dorée qui se reflète sur les flots, dans un camaïeu de jaunes. Même Schrö semble apprécier et ronronne comme jamais. L'air est de plus en plus chaud. Je remarque une légère brise couleur cuivrée qui vitamine un peu *3=1*. Le bateau trottine courageusement à 6 nœuds sous pilote automatique. Demi-Alice me sourit.

— Je sais ce qui te ferait plaisir, me murmure-t-elle avant de plonger subitement dans l'océan.

Avant même que j'aie le temps de m'inquiéter de sa disparition, elle refait surface, avec dans les mains deux Heineken bien fraîches ! D'un coup de queue, elle bondit dans les airs et retrouve comme par magie sa place à côté de moi. Elle me tend une bière et nous trinquons. La gorgée amère glisse lentement dans mon œsophage. C'est la meilleure bière de ma vie et de ma mort réunies. Demi-Alice me sourit encore avec ses dents bien blanches. Je lui découvre autour du cou un collier avec un gros coquillage.

— Je sais ce qui te ferait VRAIMENT plaisir, sourit-elle en ouvrant le coquillage.

À l'intérieur du pendentif : une cigarette et un briquet. Demi-Alice l'allume et me la tend. Elle s'allonge sur le dos, la tête sur mes genoux. Ses cheveux sont mouillés, mais la sensation de fraîcheur sur mes jambes est agréable. J'inspire profondément le poison et expire longuement la fumée bleue.

J'alterne bière, cigarette, regard sur les voiles gonflées de mon valeureux destrier, sur les couleurs chamarrées de l'océan et sur ma femme aux seins appétissants pointés vers moi. Quel rêve extraordinaire !

Demi-Alice me fixe du regard en souriant. Je crois reconnaître cette lueur un peu étrange dans ses yeux, sous son léger battement de paupière. Je la voyais plus fréquemment il y a une dizaine d'années, que ces derniers temps.

— Je sais ce qui te ferait VRAIMENT VRAIMENT plaisir, ajoute-t-elle en tournant sa tête vers mon bassin.

Elle déboutonne mon short et sort délicatement mon sexe.

*

J'ai une autre mauvaise nouvelle avec la mort : se réveiller peut s'apparenter à un cauchemar.

Comment vous dire… J'émerge, allongé sur le dos à l'arrière du bateau. La canne à pêche est au sol. Le

Marlboro en plastique est emmêlé autour du pataras. J'ai le short et le caleçon au niveau des genoux. Et j'ai… mon… sexe… en érection… plongé dans… la gueule… d'une… dorade coryphène… morte.

C'est un joli poisson tropical dodu d'une soixantaine de centimètres avec des reflets iridescents sur la queue et une grande bouche. Schrö miaule à côté de moi. Comme s'il me réclamait de pouvoir lui aussi en profiter. Je me dégage très vite de la grosse bestiole que je balance dans le cockpit. Schrö se précipite et l'attaque de ses griffes et de ses dents. Il semble se régaler.

Sans trop y croire, je crie « Alice ? » d'une voix hésitante mais personne ne répond.

Chapitre 6

Je n'ai jamais eu aussi faim que depuis que j'ai trépassé. J'ai fait l'inventaire de la cale de la cuisine : deux pots de gelée de groseilles, quelques soupes chinoises lyophilisées. Un kilo de pâtes, une boîte de petits pois, quelques sachets de purée, un bocal de foie gras de la maison Lartigue, mon préféré. Mon réservoir d'eau est au 2/3 plein. Il y a très peu de chance que l'établissement *3=1* gagne une étoile au Michelin mais si je dois re-mourir, ce ne sera ni de soif, ni de faim. Je devrais avoir le temps de traverser l'océan en me rationnant un peu, sans être obligé de manger cette daurade que je laisse de bon cœur à Schrö.

Je n'ose plus pêcher. Je me contente pour l'instant de soupes chinoises. Mon traumatisme est encore trop frais.

*

J'ai encore fait quelques rêves érotiques, parfois avec mon épouse, et, fort heureusement, exclusivement avec des femmes entières.

Le vent a forci depuis près d'une semaine maintenant. La tache cuivrée dans mes yeux a pris du volume. Je navigue toujours au cap 213 avec deux ris dans la grand-voile et j'ai enroulé un peu de génois. Les vagues viennent régulièrement gifler la carène de *3=1* dans un bruit sourd. Malgré les conditions musclées, je suis parfaitement serein, j'ai confiance dans mon bateau.

Je crache encore pas mal de sang, mais ça ne m'inquiète plus du tout. Mes cheveux et ma barbe ont bien poussé et sont recouverts d'une croûte de sel. Je prends du plaisir à redécouvrir le temps long. Je comprends que c'est un luxe extraordinaire de ne plus avoir de téléphone portable greffé dans la paume de la main. Cela permet de redécouvrir l'ennui. C'est tellement plus instructif que les réseaux sociaux quand on est désœuvré. Je prends le temps de regarder autour de moi. Les couleurs sont maintenant toutes complètement saturées mais aussi beaucoup plus nuancées que jamais. Je comprends maintenant les Inuits qui observent tous les jours attentivement la neige et ont plus de vingt termes pour qualifier sa couleur. Je suis moi aussi à présent capable de discerner des dizaines de variations de blanc dans ma grand-voile.

Et puis je redécouvre les odeurs. L'océan m'apparaît plus iodé le matin.

J'ai trouvé mon rythme et je ne me fatigue absolument plus. Je dors à peu près une heure toutes les deux heures. Ce qui me semble en fait plus logique

que de dormir neuf heures d'affilée. D'ailleurs je remarque que j'ai à peu près le même rythme que Schrö quand il est vivant. La sieste est donc quelque chose de naturel.

Naviguer en voilier, c'est découvrir un autre rapport au temps. Peu importe la durée du trajet, l'essentiel c'est de garder son cap. On arrivera quand on arrivera. La navigation hauturière développe la sensibilité aux éléments et enseigne la patience et l'acceptation du temps long. Quand je pense qu'il y a quelques semaines, je trouvais scandaleux que mon TGV entre Paris et Montpellier puisse avoir trente minutes de retard !

*

Cela fait trois semaines que j'ai passé Gibraltar. Je devrais apercevoir une île des Antilles dans pas longtemps. Et si je navigue plus au nord, je verrai la Floride un peu plus tard. Les vivres commencent à sérieusement manquer, mais je n'ai pas très faim.

Au début, je m'inquiétais que mon GPS ne me donne aucune position, maintenant je m'inquiète de ce que je vais trouver de l'autre côté. Je sais maintenant qu'il n'y a pas de satellites de géolocalisation dans le ciel que nous promettent les curés. Y a-t-il seulement une terre en dessous ou seulement la mer ?

Le soleil s'approche gentiment de l'horizon en réchauffant les couleurs. Le vent adonne légèrement en mollissant. Je choque de quelques centimètres le génois et la grand-voile, puis je contrôle le creux de mes voiles.

En observant la girouette en haut du mât, j'aperçois dans le ciel un point parme minuscule qui flotte juste au-dessus de moi. Qu'est-ce que c'est ?

Cet objet grossit de plus en plus. Il est de forme rectangulaire. Au centre de cette masse violacée, je distingue à présent un point rouge. L'ensemble grossit encore en s'approchant. Suffisamment pour que je puisse repérer deux points blancs au centre du point rouge. Cette chose se situe maintenant à peine à cinquante mètres au-dessus du bateau et gesticule. Je comprends et en reste pantois. Les deux points blancs sont le dessous des semelles d'un parachutiste portant une combinaison rouge et manœuvrant une voile violette. Vu sa trajectoire, je me rends aussi compte qu'il veut se poser sur le bateau. Mais où ? Il y a les voiles, les haubans, l'étai et le pataras qui empêchent tout atterrissage sur *3=1*.

Une seconde plus tard, j'ai ma réponse, le parachutiste pose les deux pieds joints sur le sommet du mât. Il fléchit pour amortir sa chute. Il reste quelques instants en équilibre puis se laisser glisser jusqu'aux deuxièmes barres de flèches sur lesquelles il prend appui, tout en s'accrochant aux drisses. Il défait son parachute encore dans les airs d'une main. La voile, qui de près possède une très belle couleur améthyste, tombe doucement sur le pont. Le parachutiste descend le long du mât tout en souplesse en se servant des drisses. Tom Cruise dans *Mission impossible* n'aurait pas fait mieux.

Mais je ne suis pas au bout de mes surprises. Ce n'est ni Tom Cruise, ni Bruce Willis, ni même Daniel Craig, c'est… la mère d'Alice !

— O… Odile ? dis-je en bafouillant.

— Bonsoir.

Je reprends mes esprits. Et je comprends ce qui se passe.

— Je vous présente… toutes mes condoléances. Désolé de voir que vous êtes… morte vous aussi.

— Pourquoi vous m'appelez Odile ?

— Vous n'êtes pas… ?

— Vous me confondez peut-être avec ma mère qui porte ce prénom. Il paraît que je lui ressemble beaucoup. Et puis pourquoi serais-je décédée ?

Commençons par essayer de comprendre la première partie de sa réponse. Elle dit qu'Odile est le prénom de sa mère. J'allume la lampe torche pour éclairer son visage aux traits affaissés et ridés. Je l'observe attentivement en penchant la tête. Effectivement, Odile a le nez peut-être un peu plus empâté et les yeux plus clairs.

— Alice ? dis-je pétrifié.

— Oui. Et je n'ai pas l'air vivante ?

Je m'attarde toujours sur la première partie de sa réponse tout en réalisant que sa voix teinte ma vision d'une couleur abricot.

— Vous êtes Alice Cluzel ? la femme d'Antoine Cluzel ? c'est-à-dire… ma femme ?

C'est elle qui maintenant me regarde de travers.

— Si je fais abstraction de ta dégaine de clochard, tu ressembles un peu en effet à mon mari. Et même s'il a une trentaine d'années de plus que toi, il est bien mieux conservé et beaucoup plus beau avec ses tempes blanchies.

Je me caresse la barbe que je n'ai jamais eue aussi longue et poursuis :

— Et donc vous n'êtes pas morte ?

— Qu'est-ce que ça veut dire être morte ?

— Être comme moi ?

Alice Senior pose sa main contre ma poitrine qui bat la chamade. Elle éclate de rire.

— Est-ce que vous pouvez m'expliquer ce qu'il se passe, madame ? Enfin je veux dire Alice ?

— Ça fait 300 000 ans que l'Homo Sapiens se demande ce qu'il se passe.

— Est-ce que… est-ce que j'ai voyagé dans le temps… ?

— On voyage tous dans le temps, chacun à son rythme. C'est Einstein qui l'a démontré avec sa fameuse formule e=mc2.

— Ha non. Ça ne va pas recommencer les cours de physique !

Alice Senior fronce les sourcils.

— Tu veux comprendre ou tu ne veux pas comprendre ce qu'il t'arrive ? Et puis d'abord, sers-moi un verre d'eau, j'ai soif.

Alice Senior est encore plus autoritaire qu'Alice Tout Court. Peut-être est-ce un trait de son caractère qui amplifie avec le temps. J'ai bien fait de m'enfuir. Même si elle m'a retrouvé trente ans plus tard.

Par les hublots, je vois la nuit tomber subitement. Je descends prendre une bouteille fraîche dans le frigo. Et je l'entends dans le carré poursuivre son exposé. Je remarque que le timbre de sa voix est maintenant légèrement chevrotant.

— Einstein a découvert que notre monde possédait une quatrième dimension.

— Je connais la longueur, la hauteur, la largeur. Quelle est la quatrième ? dis-je en remontant deux verres d'eau fraîche.

En fait, cette discussion ne m'intéresse pas spécialement. Pourtant je m'entends ajouter : « Dis-moi ! » Peut-être par politesse pour mon invitée ou pour profiter de sa voix couleur abricot.

— L'espace-temps.

— L'espace et le temps sont une même dimension ?

— Oui. Tu vas comprendre, dit Alice en rallumant la lampe torche et en éclairant le ciel. Imagine que tu sois capable de te déplacer dans l'espace plus vite que la lumière. Tu pourrais alors dépasser les rayons de cette lampe et avec de bonnes jumelles, tu me verrais l'allumer.

— Ce qui veut dire que je pourrais remonter dans le temps ?

— Malheureusement, c'est impossible de voyager plus vite que la lumière. Toutefois, comprends que chaque objet qui se déplace possède sa propre échelle de temps.

— Et si ma montre retarde d'une trentaine d'années ?

— Ça veut dire que tu es un fin régatier et que ton bateau a navigué quelque temps à près de 300 000 km/s avant que je ne te rejoigne.

Je cherche une pointe d'ironie dans ses propos. Il n'y en a pas. Elle a l'air sincère en émettant cette hypothèse. Je jette un regard sur ma grand-voile qui est un peu trop bordée. Je lâche quelques centimètres d'écoute et gagne un demi-nœud.

— Et il n'y aurait pas une autre explication ?

Alice fait une petite moue en réfléchissant. Je remarque que sa belle poitrine ne s'est pas affaissée. Et qu'elle a même pris du volume.

— Si, il y en a une autre.

Elle attrape mon dernier pot de gelée de groseilles et ôte le couvercle.

— Regarde cette gelée. Imagine l'espace-temps comme étant sa surface. Si tu poses une fraise dessus, qu'est-ce qu'il se passe ?

— Ça va changer le goût de la confiture.

— Plus sérieusement !

— La fraise va s'enfoncer légèrement du fait de sa masse.

— Exactement, et elle va déformer en partie la surface de la gelée.

— Si je te suis, tu es en train de me dire que la masse de chaque objet modifie l'espace-temps.

— Oui. Et il existe plus de 100 millions de corps célestes dans notre galaxie qui ont un champ gravitationnel tellement dense que l'espace-temps se tord complètement autour de l'objet.

— Ce sont des fraises si compactes qu'elles s'enfoncent entièrement dans la gelée ?

— En quelque sorte. Ces corps célestes s'appellent des trous noirs. À leur proximité, l'espace-temps peut faire le tour complet de l'objet. Le temps s'y écoule donc certainement de façon circulaire. Indéfiniment.

Mon verre d'eau s'échappe de mes mains et tombe dans le cockpit.

Alice continue comme si de rien n'était :

— Cela a des implications pour le moins étranges. Pour toi, la logique est que quand ce verre est tombé, le sol se soit mouillé. Une cause produit des conséquences. Tu me suis ?

— De moins en moins, dis-je en ramassant le verre en plastique.

— Dans un trou noir, une conséquence pourrait aussi produire une cause.

— Cela veut dire quoi ?

— Qu'un événement situé dans le futur pourrait avoir une conséquence dans le passé.

— Pardon ?

— Le sol pourrait être mouillé avant que le verre ne tombe.

— Quoi ? C'est comme si tu me disais qu'un train pouvait être arrivé avant de partir. C'est n'importe quoi !

— C'est pourtant certainement ce qu'il se passe près d'un trou noir. Donc peut-être naviguons-nous en ce moment même à proximité de l'un de ces objets célestes où le temps est perturbé.

— Je ne sais pas ce que l'on fume dans les labos de physique, mais ça me plaît bien. Tu en as sur toi ? dis-je en trempant mes doigts dans la gelée de groseilles.

À cet instant, je pense à la cigarette que m'a offerte Demi-Alice il y a quelques jours à peine et je prends peur. Avec qui ou quel animal suis-je en train de discuter. Je ne veux pas revivre le même traumatisme.

Je revois la daurade avec ses lèvres ourlées…

J'observe Schrö qui est monté sur la bôme et qui nous épie du coin de l'œil. Il n'a pas l'air particulièrement attiré par ma nouvelle passagère, ni même inquiet.

— Tu permets, dis-je en m'approchant d'Alice Senior et en tâtant son visage avec mon index.

Ma nouvelle prof de physique vient du ciel, me dis-je. Est-ce que ce serait un oiseau qui se serait cogné dans les voiles ?

La texture de sa peau a la douceur des plumes.

— Tu te demandes ce que je suis ?

— Pour être honnête avec toi, c'est la première fois qu'une dame d'un certain âge, qui ressemble étrangement à ma femme, qui à ma connaissance n'a fait qu'une petite initiation au parachutisme, se pose avec précision sur mon bateau au milieu de l'Atlantique pour m'expliquer que le temps tel que je le connais n'est peut-être qu'une illusion. Alors oui, je me demande s'il n'y en aurait pas une autre, d'illusion.

Alice senior ferme les yeux et pointe l'océan du doigt d'un geste calme.

— Est-ce que tout ne serait pas qu'illusion ?

— Qu'est-ce que tu veux dire ?

— Est-ce que le bleu de la mer n'en serait pas une, sachant que l'eau est incolore ? Est-ce que le vent qui pousse les voiles n'en serait pas une, sachant que le bateau est en fait tiré par la dépression créée devant la voile ? Est-ce que l'opacité de la matière n'en serait pas une, sachant qu'elle est composée de plus de 99,9999999999 de vide ? Mais plus fondamentalement est-ce que toi aussi tu ne serais pas une illusion ?

— Pardon ?

— Au fond de toi, n'as-tu pas toute ta vie eu l'impression de faire illusion ?

J'écarquille les yeux. Ne serait-elle pas en train de m'insulter ?

— Sois honnête avec toi-même.

Je crois que j'ai ma réponse.
— Je t'emmerde !

*

Alice Senior me fait peur. Je suis allé me réfugier dans ma cabine. J'ai même fermé à clé. Et j'ai dormi. Le plus longtemps possible. Peut-être douze heures, pour lui laisser le temps de se transformer en oiseau, en poisson volant ou en ce qu'elle veut, du moment qu'elle n'est plus là à mon réveil pour me faire des cours de physique et me traiter d'imposteur. Je sors de la cabine, parce qu'il commence à faire très chaud. Je monte sur la pointe des pieds dans le cockpit, il n'y a personne. Je me retourne et reste le souffle coupé en regardant le pont avant du bateau : elle est encore là. Elle a sorti le matelas de plage et bouquine allongée en bikini, Schrö à ses côtés. Bref elle a pris ses aises. Je m'approche sans bruit. Pourtant elle a dû m'entendre parce que sans quitter son livre des yeux, je l'entends murmurer :
— Si tu étais vraiment mon mari, tu saurais que je déteste tes soupes chinoises lyophilisées ! Et tu pêcherais pour moi, me dit-elle. J'ai très faim.

C'est le coup de grâce, non seulement elle a toujours l'apparence de ma femme en modèle vintage, mais elle commence à me faire des reproches. Ce n'est donc plus du tout la même croisière. Qui imagine Bernard Moitessier, Éric Tabarly ou Olivier de Kersauson recevoir des conseils d'un passager clandestin au milieu d'une transat en solitaire ? Donc non je ne réponds pas, non je ne pêche pas. Et oui je règle finement mes voiles. Je veux arriver de l'autre côté le plus vite possible. Pour faire l'avitaillement, découvrir de nouvelles couleurs, mais surtout pour débarquer une parachutiste septuagénaire.

Faisant comme si elle ne me voyait pas, ma femme s'est levée et a sorti la canne à pêche du coffre arrière. Je me retourne discrètement pour suivre le lancer maladroit du leurre. Il s'échoue sur la barre à roue. Alice vient décrocher le poisson en plastique. Nos regards se croisent, mais je baisse aussitôt les yeux.

Alice parvient finalement à jeter Marlboro à l'eau. Mais je la vois lâcher du fil pendant plus d'une minute. Le leurre doit être à plus de cent mètres à l'arrière du bateau. Ça, je sais que c'est une attaque en règle pour m'énerver. Parce qu'il y a deux écoles dans la pêche à la traîne : ceux qui positionnent l'appât très près du sillage du bateau et qui pensent que le déplacement de la coque va attirer les poissons affamés en chasse. Et ceux qui supposent que les carnassiers sont effrayés par l'embarcation et qu'il vaut mieux leur laisser le temps de l'oublier. Je suis de la première école. Alice qui par principe croit plus facilement n'importe quel voisin de ponton que son mari est de l'autre et me fait régulièrement des remontrances en me traitant de *radin qui ne veut pas user beaucoup de fil.*

Quelque vingt minutes plus tard, je dois reconnaître que la deuxième école peut parfois fonctionner : la canne se plie en deux. Alice Senior ne daigne même pas me jeter un regard et commence à mouliner pour remonter sa prise. C'est peut-être un vieux réflexe archaïque macho, mais je trouve qu'il y a quelque chose d'incongru à regarder une femme pêcher sans l'aider. D'autant plus qu'en l'occurrence, c'est une personne âgée. Je choque un peu les voiles pour ralentir le bateau et je m'approche à petits pas. Hésitant. Pour qu'Alice Senior comprenne bien que ce n'est qu'une trêve et en aucun cas une capitulation de ma part, je lui explique par des gestes explicites de mes mains que je suis disposé à remonter son poisson.

Silencieuse elle aussi, Alice me tend la canne à pêche et repart lire sur son matelas de plage, comme si ce qui allait se passer maintenant ne l'intéressait pas. Je mouline lentement la prise qui se défend, pas du tout disposée à finir dans le four. Soudain, le poisson à une dizaine de mètres à l'arrière du bateau, plonge et me laisse entrevoir sa nageoire caudale : bleu azur, presque fluo. On dirait celle de Demi-Alice ! Une Alice sur le bateau, c'est difficile à vivre, mais deux, je ne le supporterais pas ! Le purgatoire est bien à mi-chemin entre l'enfer et le paradis. Il me vient l'idée de couper le fil. Schrö me fixe méchamment du regard, l'air de me dire : « Tu n'as pas intérêt de faire ça ! »

Finalement, je continue de rembobiner. La prise est maintenant à un mètre de la poupe de *3=1*. Par bonheur, j'aperçois sa tête. Une tête de poisson. Avec de belles lèvres charnues comme celles d'Alice certes, mais une tête de poisson. Un coup d'épuisette et la daurade coryphène se dandine maintenant sur le pont. J'ai toujours détesté ce moment. Je tue très vite le carnassier d'un coup de poignard et le vide aussitôt en jetant ses entrailles à la mer.

Je préchauffe le four, badigeonne d'huile d'olive le poisson qui a perdu ses belles couleurs et fait cuire du riz avec un quart d'eau de mer pour le saler et économiser de l'eau douce.

Une demi-heure plus tard, nous nous retrouvons face à face assis à la table du cockpit devant un magnifique plat fumant. Sans un mot. Un silence de morts.

Les mauvaises langues me feront remarquer que Sète n'est pas si loin de Marseille, mais j'estime que la daurade coryphène pèse à peu près dix kilos étant donné que le poisson est à l'étroit dans le plat du four avec la tête qui dépasse. Je trie une joue avec une fourchette et un couteau. Délicatement. C'est là que se situe la chair la plus fine du poisson. Les Japonais en raffolent. Ma femme aussi. Celles de cette daurade ont la taille d'une prune. (Je dis ça pour ceux qui douteraient que ma daurade puisse boucher l'entrée du port de Marseille.)

Je sers donc ce mets délicat à Alice Senior qui me remercie d'un petit hochement de tête. Je tourne le poisson sur l'autre flanc et trie la deuxième joue. Ma femme me tend à nouveau son assiette, en pouffant.

J'aime ce rire un peu saccadé qui monte dans les aigus orange citrouille. Il n'a pas changé depuis que je connais Alice. Simplement, je le voyais de moins en moins ces derniers temps. Avec ce rire, elle peut tout me demander. Même de déclarer forfait.

— Avec plaisir, dis-je en lui servant la deuxième joue.

Alice la découpe avec son couteau. Elle pique un morceau de la chair blanche qui tire sur le rose avec sa fourchette et me le tend par-dessus la table. J'ouvre donc la bouche et me laisse donner la becquée.

Nous échangeons un long regard complice. Ce regard aussi, je l'avais presque oublié. C'est un regard acier qui me transperce et qui relie son âme à la mienne. Je ne vois plus une vieille dame du troisième âge, je vois simplement Alice, pétillante, joyeuse, parfois certes un peu directive, mais toujours bienveillante.

Nous mangeons sans nous quitter des yeux. La lumière est extraordinaire. Le soleil est maintenant bas sur l'horizon, les nuages ressemblent à du pain grillé. Ce n'est pas la Terre qui est bleue comme une orange, c'est la mer.

— Excuse-moi pour hier, me murmure-t-elle d'une voix fragile. Quand je t'ai fait entrevoir la possibilité que tout n'était peut-être qu'une illusion, ce n'était pas pour être désagréable, c'était même pour te remercier.

— Comment ça ? dis-je d'une voix neutre pour ne pas montrer que je jubile devant cette capitulation.

— Le fait que ton verre d'eau soit tombé était peut-être déjà écrit dans le futur.

— Et alors ?

— Cela voudrait dire que l'on n'a peut-être aucun libre arbitre. Toutes les décisions que tu penses prendre et même tes maladresses ne seraient que des illusions déjà programmées.

— Ce serait horrible !

— À tel point que des physiciens comme Hugh Everett ont cherché une autre explication. Ils avancent que des futurs cohabiteraient simultanément. Et dans l'un de ceux-là, ton verre d'eau tombe.

— Tu veux dire qu'il y aurait des univers parallèles ?

— Une infinité. Et dans chaque univers, un futur possible serait écrit. Et étant donné que la conscience a une influence sur la matière, il est possible que la force de la volonté puisse permettre de basculer d'un univers à l'autre.

— La volonté pourrait changer le futur ?

— C'est sur ce principe que fonctionne la médecine chinoise. Une maladie n'est qu'une possibilité qu'il faut accepter et sans juger, décider d'en privilégier une autre. Les médecins chinois cherchent simplement à basculer d'une réalité à une autre. En Occident, les médicaments Placebo ont certainement un effet basé sur ce même principe. Si un patient est intimement persuadé qu'il va guérir, alors cela a des chances d'être le cas même s'il n'y a aucun agent actif dans les médicaments. La force de pensée du patient aura choisi un futur parmi tous les possibles. Comme la pensée qui oblige un électron à choisir une fente dans l'expérience de Young.

— Et quel rapport avec nous ?

— Peut-être que ton esprit a recherché comme réalité le fait que nous soyons réunis pour l'éternité. Je te remercie d'avoir basculé dans cet univers où nous sommes tous les deux apaisés, sereins... amoureux.

Je manque de recracher le poisson en regardant Alice Senior. J'avais déjà de sérieux doutes sur mes sentiments pour une Alice une trentaine d'années plus jeune, mais pour le modèle antique, passionnée par la relativité d'Einstein ou les multivers, j'ai l'impression de tout éprouver, sauf de l'amour.

Je n'ai pas le temps de lui répondre. J'entends un bruit sourd à l'avant du bateau. *3=1* aussitôt se soulève et se couche sur le côté. Le bateau stoppe net sa course. Schrö, dans son état « break dancer » est projeté par-dessus bord. Alice Senior s'est accrochée à la barre à roue et moi je dégringole dans le carré. Je remonte aussitôt et découvre... un arbre devant l'étrave.

Un cocotier exactement. Le bateau s'est échoué sur un îlot en forme de haricot, d'une centaine de mètres de long. L'arbre trône en son centre, perché sur une petite dune de sable opalin, ornée de quelques coquillages crème. Le soleil a gagné l'horizon. Il faut faire vite pour dégager le bateau. Dans une demi-heure, il fera nuit. Je m'assure qu'Alice ne s'est pas fait mal, puis saute par-dessus bord. Mes pieds nus s'enfoncent dans le sable. Le contact avec le sol me semble étrange. Cela fait des semaines que je ne m'étais pas tenu en équilibre sur la terre ferme. J'ai les jambes un peu fléchies comme si je devais faire attention à mon équilibre. Je sens des maux de tête me gagner subitement. C'est le mal de terre, je l'avais déjà ressenti auparavant.

Les vagues sont de petites tailles. Le bateau est couché sur le flanc, immobile entre deux eaux. Il n'y a pour l'instant aucun danger.

Je cherche Alice du regard, elle est descendue sur l'îlot comme si de rien n'était, pour ramasser une noix de coco. Elle n'est visiblement pas disposée à m'aider. Je prépare donc mentalement la manœuvre, seul. Accrocher l'ancre à une drisse, la jeter le plus loin possible dans la mer perpendiculaire au bateau et en me servant d'un winch, coucher encore un peu plus le voilier pour libérer la quille, puis continuer à mouliner pour tirer le bateau vers l'ancre.

Schrö est toujours figé dans sa figure de break dance. Peut-être pour me faire comprendre qu'il m'en veut pour cette négligence. En tant que capitaine du bateau, c'est vrai que je me dois d'être toujours vigilant. Si *3=1* est échoué, par principe, c'est ma faute.

Je déloge l'ancre de la baille de mouillage. Je m'enfonce dans l'eau jusqu'à ce que je n'aie plus pied et la plante dans le fond sablonneux.

En revenant sur la plage, Alice me tend la noix de coco coupée pour que je boive son lait. Daurade fraîche puis noix de coco en dessert, c'est un repas de rêve mais je n'ai vraiment plus la tête à ça.

Je remonte sur le bateau et mouline le winch. La drisse se tend. De plus en plus. Je tiens la manivelle à deux mains et mets toutes mes forces pour tourner. Mais le winch reste bloqué. Le bateau est trop ensablé pour que je puisse le dégager. Avec un peu de chance, nous sommes à marée basse. Il me faudra juste attendre que la mer remonte pour remettre sur pied mon joli destrier.

En attendant, Alice Senior m'invite à faire le tour de l'île. Le soleil flirte toujours avec l'horizon. Je ne vois que maintenant que la lumière est absolument somptueuse. Le ciel s'habille d'un *tye and dye* rouge violacé.

Pourtant quelque chose cloche. Nous marchons sur le sable immaculé. Et je comprends ce qui me turlupine depuis que nous sommes échoués : un îlot de sable blanc surmonté d'un cocotier au coucher du soleil, on ne voit ça qu'en carte postale ! Autre cliché : une femme en bikini sur une île déserte qui me tend une noix de coco. J'ai l'impression d'être dans une pub pour les barres Bounty. Une pub qui ciblerait les séniors, vu l'âge du modèle. Et puis comment a-t-elle fait pour ouvrir le fruit sans machette ? Je regarde en direction de l'astre, il n'a pas bougé. Et pour renforcer encore un peu plus ce côté romantico-cucul la praline, nous longeons maintenant la plage côte à côte, les vagues venant mourir sous nos pieds dans un murmure suave.

Je repense aux propos d'Alice. Elle a peut-être raison : tout ce que je vis là est certainement une illusion créée par mon inconscient. Il m'a entraîné dans un univers parallèle qui est une caricature de rêve de plaisancier. Ce poncif est ringard, mais je ne peux m'empêcher de l'apprécier.

*

Le principe d'entropie, c'est que rien n'est stable, tout évolue, tout se complexifie. Dans cet univers parallèle, cette loi semble ne pas exister. Cela fait une semaine que nous sommes échoués sur ce confetti, peut-être plus, peut-être moins. Le soleil statique effleure toujours l'horizon à l'ouest. La teinture du ciel paraît indélébile. Le bateau est toujours sagement couché sur le flanc sur son lit aux draps blancs. Il a l'air d'apprécier les caresses prodiguées par les vaguelettes à un rythme régulier. Il n'y a aucune marée. Les quelques cumulo-stratus sont immobiles dans le ciel. Nous n'éprouvons pas le besoin de nous restaurer. Ma barbe de quelques centimètres et mes cheveux ne poussent plus.

Même l'aiguille des secondes de ma montre a interrompu sa course.

L'air est toujours chaud, juste comme il faut, avec une très légère brise qui me chatouille la peau et colore sans discontinuer mon champ visuel d'une tache cuivrée. Je me sens bien. Une énergie doucereuse et bienveillante se diffuse progressivement dans tout mon corps, une énergie positive qui par capillarité se propage dans toutes mes cellules. J'ai l'impression d'être dans le même état que quand, enfant, je me blottissais dans les bras de ma mère. Le même état que le jour où j'ai demandé Alice en mariage.

Je transpire maintenant une béatitude totale qui s'extirpe progressivement de mon corps. J'observe cet étrange sentiment qui ressemble à l'amour gagner doucement en puissance et irradier progressivement tout ce sur quoi je pose mon regard. Il contamine toute l'île. Je suis amoureux de notre astre rougeoyant posé sur la ligne parfaitement rectiligne de l'horizon. Je prends le temps d'apprécier le camaïeu de verts des feuilles du cocotier, celui plus chaud du ciel, mais surtout l'océan qui nous entoure avec toute la palette de bleus entre le cobalt et l'azurin en passant par les turquoises près de la plage. J'entre dans une douce et formidable contemplation bienveillante. Toutes les couleurs qui existent sont là, autour de moi, et ne demandent qu'à être apprivoisées. Il suffit de prendre le temps de les observer.

J'ai l'impression que mon corps est envoûté. À moins que ce soit ma vraie nature. Je l'avais peut-être bâillonné pendant toute ma vie terrestre, en me créant un personnage un peu macho qui se cache derrière de l'ironie. Est-ce que le vrai moi serait prêt à se passionner pour la série TV *Les Feux de l'amour* et à devenir un inconditionnel des romans roses de Barbara Cartland ? Je commence à le croire.

Toujours est-il que dans une de nos balades, en regardant le reflet de l'astre couchant dans les yeux d'Alice, je m'entends lui murmurer « je t'aime » avant de l'embrasser tendrement.

*

Cela fait un mois que le temps s'est arrêté. Peut-être moins, peut-être plus. Je crois que je n'ai jamais été aussi complice avec ma femme. J'ai l'impression d'être le lapin blanc dans le monde merveilleux d'Alice. Je ne vois plus son âge. Je suis chanceux qu'elle m'ait fait l'honneur de tomber en parachute dans mon terrier. Nous échangeons de longs regards passionnés. Nous plaisantons, nous rions, nous nous embrassons. Nous allons nous baigner, main dans la main. Et nous faisons l'amour. Par pudeur, je ne vous décrirai pas nos ébats, mais sachez que je n'avais jamais été aussi comblé de toute ma vie. Je suis heureux. Oui, heureux. Je crois que je viens de saisir le sens de ce mot.

Je souhaite à chacun de mes congénères de vivre au moins une fois dans sa vie ou dans sa mort un tel moment de plénitude. Pur. Serein. Paisible. Simple. Parfait. Coloré. À un détail près : si tout est figé, Schrö malheureusement reste dans sa version break dance. Il ne ressuscite plus.

Alice Senior remarque la tristesse dans mes yeux chaque fois que je regarde mon petit compagnon.

Ma femme me propose de l'honorer comme il se doit. Nous fabriquons un frêle radeau avec la plus belle des feuilles du cocotier. Je caresse une dernière fois sa fourrure rêche et nous poussons doucement l'embarcation mortuaire ente deux vagues. Nous restons assis longtemps sur la plage à regarder en silence la dépouille de Schrö disparaître petit à petit à l'horizon.

Je m'y étais habitué à ce matou intermittent. Il me manque. Alice passe son bras autour de mon épaule pour me consoler.

Chapitre 7

Quand on est heureux, on voudrait que le temps s'arrête. Vous voulez que je vous dise ? C'est la pire des inepties.

On a raison de courir après le bonheur. Mais quand on arrive par chance à enfin l'attraper, ce n'est pas plus mal qu'il nous glisse aussitôt entre les doigts pour que l'on puisse se remettre à courir.

Nous sommes coincés sur cette île déserte depuis un an. Peut-être beaucoup moins, peut-être beaucoup plus.

Le sable fin, c'est beau sur une brochure touristique, mais c'est insupportable au quotidien. J'en ai partout : collé à ma peau, dans mes vêtements, dans mes cheveux, dans les draps. J'ai tout le temps envie de me gratter.

Je ne supporte plus ce coucher de soleil immuable. Pour ne plus le voir, je reste des heures (si tant est que ce mot veuille encore dire quelque chose) assis à l'ombre du tronc du cocotier, le regard vers l'est. Et je me bouche les oreilles pour ne plus voir la couleur cuivrée du vent.

Mon regard se perd comme souvent dans les sept petits nuages du ciel. Je les connais par cœur. Aucun n'est exactement de la même couleur. Je les ai baptisés par le nom de la teinte de leurs bordures. Il y a Albâtre, Craie, Lavabo, Ivoire, Lis, Argile et Neige. Mon préféré, c'est Albâtre, il est très légèrement translucide avec une frange qui tire vers le bleu.

Je découvre les horribles conséquences d'un monde où le temps s'est arrêté. D'abord on n'a plus jamais soif, ni faim. Aucun appétit, même pour le reste de daurade qui n'en finit pourtant pas d'être comestible. Quel gâchis !

Ensuite, on n'a plus sommeil. J'ai tout essayé pour m'endormir : dans l'obscurité avec une serviette sur la tête, dans ma cabine penchée, assis dans le carré ou adossé au cocotier, sur la plage en m'allongeant sur le dos, sur le ventre ou sur le côté. J'ai même fait un long footing pour me fatiguer. Mais rien à faire. J'ai beau sprinter autour de mon haricot de sable, je ne suis jamais essoufflé.

Je vais vous faire une confidence. Même les besoins naturels me manquent.

J'ai voulu désensabler le voilier en me servant d'une rame de l'annexe. Mais les vagues me ramènent précisément toutes mes pelletées de sable. Impossible de nous échapper.

Ici tout est figé, si ce n'est peut-être Alice, dont les traits ont l'air de continuer à se creuser. J'ai l'impression qu'elle vieillit.

Pendant notre dernière balade autour de l'îlot, nous avons été obligés de nous arrêter, elle a dû reprendre son souffle. Je ne lui donne plus la main mais la tiens à présent par le bras pour l'aider à marcher.

Je lis une petite angoisse dans ses yeux.

— Tu t'ennuies ? me demande-t-elle parfois.

J'élude la question à coups de déclarations d'amour sincères. J'adore toujours me baigner avec elle. Je fonds toujours quand on s'assoit côte à côte sur la plage et qu'elle pose sa tête sur mon épaule. J'aime toujours autant son rire orange citrouille. Mais au fond, je sais qu'elle a raison. Le bonheur n'est pas une fin en soi. C'est un objectif. J'étouffe. Je sens que ma conscience cherche à me basculer dans un autre univers. Un univers où le temps reprendrait son cours, avec ses incertitudes, ses souffrances, ses injustices, ses frustrations et donc ses joies précieuses parce qu'elles sont rares.

*

Alice vieillit. Maintenant j'en suis sûr. Sa peau est à présent complètement ridée. Elle ne quitte plus la place à l'ombre du cocotier, où j'ai étendu son matelas de plage.

*

Mon Alice merveilleuse ne bouge plus. Son seul signe de vie, c'est sa main tremblotante dans la mienne et son sourire qui se dessine quand elle croise mon regard.

*

Je suis resté à son chevet pendant dix jours. Peut-être beaucoup moins, peut-être beaucoup plus. Soudain, sa main dans la mienne s'est figée. Ses yeux ont subitement séché, les miens se sont aussitôt mouillés. Le principe des vases communicants.

J'ai pleuré en fermant délicatement ses paupières. J'ai pleuré en creusant le sable de l'autre côté du cocotier, avec la rame. J'ai pleuré en l'enveloppant dans la voile de son parachute. J'ai pleuré en la glissant dans le trou. J'ai pleuré en la recouvrant de sable.

J'ai cherché les mots à prononcer. Ils ne sont pas venus. J'ai retrouvé sur la plage la noix de coco qu'elle m'a tendue quand nous nous sommes échoués sur l'île. J'ai gravé un cœur sur l'écorce de l'arbre avec mon Leatherman de marin. J'ai ajouté nos initiales. AC + AC. J'assume mon romantisme de roman de gare.

J'ai posé la noix de coco sur la tombe et je me suis remis à pleurer parce que je m'en veux. C'est mon inconscient qui l'a chassée. C'est mon inconscient qui l'a tuée parce que je suffoquais dans ce bonheur guimauve. Je le sais. Antoine Cluzel a tué Alice Cluzel. L'honnêteté aurait été que je grave un signe « moins » plutôt qu'un « plus » entre nos initiales.

*

Cela fait un mois qu'Alice est enterrée. Peut-être beaucoup moins, peut-être beaucoup plus. Je comprends qu'il y a encore plus indigeste que la guimauve : la solitude. Je suis allongé sur sa tombe. Et je pense à tout ce que j'ai raté avec elle. Notre vie commune a été médiocre, notre mort commune a été insipide. Tout ça par ma faute. Je le sais maintenant.

*

Je peux peut-être trouver une façon de tenter de me racheter. On s'est jadis promis fidélité jusqu'à ce que la mort nous sépare. Cela manquait d'ambition, je lève la main et je prononce la première phrase à voix haute depuis son départ :

— Alice, je te jure fidélité jusqu'à ce que toutes nos morts nous séparent.

Je me lève subitement et cours vers l'océan. C'est une évidence : je dois la rejoindre. Je m'enfonce dans l'eau, droit vers le soleil. Je suis un piètre nageur. Je vais donc très vite savoir s'il y a une mort après la mort.

*

Cela fait deux semaines que je nage vers le soleil couchant. Peut-être beaucoup plus, peut-être beaucoup moins. Je ne suis toujours pas essoufflé. Je n'ai aucune crampe, je ne ressens aucune fatigue, aucune faim, aucune soif. J'ai essayé plusieurs fois de plonger pour m'étouffer dans les profondeurs, mais je me rends compte que je n'ai plus besoin de respirer. Je ne sais même pas si l'eau est salée, je n'arrive pas à l'avaler pour me noyer.

Je découvre qu'il y a encore pire qu'une mort sans fin sur une île déserte : une mort sans fin dans un désert aquatique. Je nage dans une eau cristalline. Je n'aperçois aucun poisson, aucune méduse, aucune algue. Je ne suis pas au purgatoire, mais en enfer. Et l'enfer est encore plus abominable que ce que j'imaginais parce qu'il n'y a même pas de diable pour vous tenir compagnie.

*

La terre ferme me manque. Mon bateau me manque. Mais c'est surtout Alice qui occupe le plus clair de mes pensées. Je donnerais tout pour retrouver sa voix couleur abricot, son petit rire aigu virant à la citrouille, mais surtout sa bienveillance et sa sensibilité.

Je donnerais tout, mais je n'ai plus rien. Alors je suis prêt à me contenter de beaucoup moins. M'allonger à nouveau sur sa tombe, comme un chien sur celle de son maître. Oui, c'est tout ce que je demande ! Je suis maintenant persuadé que je pourrais supporter la perpétuité si je la sais en dessous de moi. Il me faudra peut-être nager pendant des années, peut-être des siècles pour retrouver ce petit îlot ridicule. Mais j'ai le temps. Alice, je te jure fidélité pour l'éternité. Je te retrouverai.

Je fais donc demi-tour en laissant le soleil couchant dans mon dos.

*

Je nage depuis un an, peut-être plus, peut-être moins. Ma détermination est sans faille. Mieux, elle se renforce. À chaque mouvement de crawl, je tape sur la surface de l'océan pour sceller notre pacte. Je nage avec le visage de ma femme un peu flou dans mes songes. Soudain, l'image devient plus nette dans mon esprit quand je ferme les yeux. Je la vois se frotter la tête des deux mains. Ses jolis cheveux sont maintenant en pétard. Elle me regarde de trois quarts et me tire la langue avec un petit œil malicieux. J'ai l'impression qu'elle veut me dire quelque chose. Elle ou mon inconscient. C'est peut-être la même chose. Cela fait maintenant plusieurs dizaines de milliers de gestes de crawl qu'elle me tire la langue, sous ses cheveux hirsutes. J'ai tout mon temps pour trouver pourquoi. Je comprends subitement que son image est en noir et blanc. On dirait… la célèbre photo d'Einstein !

Je m'arrête de nager. Je crois comprendre ! Mon inconscient veut me parler de science physique. Mais pourquoi ? Je m'enfonce dans l'océan. Peut-être que les deux Alice que j'ai rencontrées sont mes anges protecteurs et savaient l'épreuve qui m'attendait. Peut-être voulaient-elles m'apprendre des choses qui pourraient me servir.

Mon corps s'enfonce dans l'eau. Je l'accepte sereinement. Je ne vois plus aucune lumière, je continue de descendre.

Qu'est-ce qui pourrait m'aider dans leurs propos ?

Les Alice ont essayé de m'expliquer la relativité du temps.

Dans certaines conditions, le futur pourrait influencer le passé. Je ferme les yeux et essaye de comprendre cette notion qui est pour moi complètement illogique. Un train ne peut pas être arrivé avant d'être parti. Alors comment peut-on imaginer que le temps ne s'écoule pas de façon linéaire ? Comment imaginer que le temps tel qu'on le connaît ne soit qu'une illusion ? La clé est peut-être là, me dis-je.

Si mes muscles ne se fatiguent pas, mon cerveau non plus. Je peux réfléchir aussi longtemps que je le souhaite. Je réfléchis pendant des heures, peut-être des jours, tout en m'enfonçant dans les ténèbres. Si le passé connaît le futur, me dis-je, cela veut dire que chaque particule de matière est comme une madame Irma qui peut prédire l'avenir. Je continue de m'enfoncer dans l'eau noire en essayant d'assimiler cette notion.

Je réfléchis pendant des mois tout en continuant à descendre dans l'obscurité : la seule illusion du temps que je comprenne, c'est que son écoulement fluctue. Le temps passait beaucoup trop vite quand j'ai rencontré Alice et beaucoup trop lentement quand j'attendais mes résultats d'anapath.

Je continue de réfléchir et tire, un peu dépité, une conclusion : je n'ai pas l'intelligence d'Einstein. Quand ce scientifique dit qu'il n'y a pas trois personnes sur terre à vraiment appréhender les lois de la physique quantique, ce n'est peut-être pas une plaisanterie.

À ce moment-là je bute sur quelque chose sous mes pieds. Je me tiens maintenant debout au fond de l'océan noir. Je plonge ma main à côté de mes pieds. Le sol est visqueux.

Si je n'arrive pas à comprendre que le temps soit une illusion, il m'est plus facile d'imaginer que la matière en soit une, créée par ma conscience.

Je marche dans les ténèbres sur ce sol meuble. Il a l'air plat. Je dois le créer mentalement.

Au loin, j'ai l'impression d'apercevoir une faible lueur verdâtre, je vais dans cette direction, mais la lueur doit être très loin, elle ne s'intensifie pas. J'ai le temps. Je marche pendant des heures, peut-être des jours. Pour essayer de retrouver une notion de temps, je décide de compter mes pas, ça m'occupe.

Soudain quelque chose me percute par le côté et m'emporte en me soulevant du sol. Je suis persuadé que si je pouvais ressentir la douleur, j'aurais très mal.

Je serais même certainement découpé en deux, étant donné la vitesse de ce bolide. C'est la première fois qu'il m'arrive un événement marquant depuis que j'erre dans l'océan. Je m'accroche donc de toutes mes forces, physiques et mentales, à cette chose lisse. Elle nous éloigne de la lumière verdâtre. Peu importe, je reviendrai en marchant s'il le faut.

Mon sous-marin fonce entre deux eaux. Devant moi, je découvre une autre lumière verdâtre encore plus vive. Je commence à discerner ce à quoi je suis accroché. Mon véhicule est en métal blanc et fait à peu près ma taille. C'est une sorte de machine composée d'une pièce de métal cylindrique évasée, surmontée d'une manivelle. À l'extrémité de la manivelle, il y a une boule que je perçois rouge maintenant. On dirait le moulin à légumes de mes grands-parents. La lumière devient aveuglante. Je ne sens plus l'état liquide de l'océan. J'ai l'impression d'être dans le vide. Comme si je voyageais dans l'espace. La lumière éclaire encore un peu plus mon vaisseau. Je découvre une pièce en métal, maintenue obliquement contre le fond de l'ustensile par un ressort. Et sous cette plaque en métal, il y a comme une passoire avec de gros trous. Oui, je fonce dans un espace étrange accroché à un presse-légumes. Où suis-je ?

— Devinez !

Je sursaute en entendant cette voix féminine aussi ferme que forte. Ai-je bien entendu « Devinez » ? Je regarde autour de moi, je ne vois personne. Devant le presse-légumes, la lumière verte couvre maintenant à peu près tout l'horizon. Et je fonce vers cette masse inquiétante.

— On y va ou on n'y va pas ? me demande cette même voix dans laquelle je soupçonne une pointe d'agacement. J'ai l'impression d'être dans une salle de concert. Le son très amplifié arrive de partout et m'agresse les tympans.

— Je vous ai posé une question ? ajoute la voix.

C'est bien à moi qu'elle parle ! me dis-je dans ma tête.

— À qui d'autre croyez-vous que je m'adresse ?

Je crois que j'ai déjà vu cette couleur de voix, située quelque part entre le rouge brique et le bronze... Est-ce que je connais cette femme ? me dis-je.

— On s'est rencontré plusieurs fois, ajoute la voix de plus en plus agacée.

En plus elle lit dans mes pensées, me dis-je paniqué.

— Partiellement ! je n'arrive toujours pas à savoir si vous en valez la peine !

Cassandre Gillet ! me dis-je finalement en qualifiant la tache dans mes yeux comme une couleur rouille. Mon docteur Mauvaise-Nouvelle !

— Vous avez fui avant que je ne vous donne les résultats. Et mon prénom, c'est Agnès. Mais appelez-moi docteur ou docteur Gillet. Et sachez que je n'aime pas cette couleur.

On est où là ? me dis-je.

La voix soupire.

— Je perds mon temps avec vous. Si je n'avais pas fait le serment d'Hippocrate, il y a bien longtemps que je vous aurais abandonné, ne serait-ce que pour faire faire des économies à la Sécurité sociale.

Ça ne me dit pas où on est !

— Désolé de vous dire que vous êtes petit, monsieur Cluzel ! Infiniment petit ! On va laisser tomber !

Aussitôt, mon presse-légumes change de cap, laissant la lueur verte dans mon dos.

— Attendez ! dis-je en hurlant à voix haute. Je crois que j'ai compris. Je suis accroché à une particule de matière dans mon…

— Poumon ! Oui, nous sommes dans votre poumon. Et ce qui est maintenant derrière vous, c'est votre tumeur.

— Je suis en radiothérapie ? dis-je en me retournant pour regarder la boule verdâtre qui n'est plus qu'une lueur lointaine.

— On ne peut rien vous cacher, fait la voix du docteur Gillet avec une pointe d'ironie. On a implanté un radio-isotope dans la tumeur, d'où sa teinte. Mais vu l'état avancé de votre pathologie, la science seule n'arrivera pas à vous soigner.

— Je commence à comprendre. Les leçons de physique quantique, c'est pour que j'admette que ma pensée est assez puissante pour influencer la matière et m'aider à lutter contre mon cancer.

— Vous n'avez pas écouté. On ne lutte pas contre un cancer, on l'accepte comme une possibilité parmi d'autres et on décide de changer d'univers, d'en choisir un où la rémission a lieu.

— Je dois donc me battre par la pensée ?

— Exactement. Vous devez être intimement persuadé que vous pouvez guérir.

— Aide-toi et le ciel t'aidera, c'est ce qu'on vous apprend en médecine ?

Le docteur Gillet ne répond pas. Le presse-légumes s'éloigne de plus en plus. Je poursuis, un peu troublé :

— Vous croyez que ça marche vraiment ?

— Vous avez entendu parler des deux homonymes venus chercher leurs résultats pour une suspicion de cancer ?

— Non.

— Les dossiers ont été inversés. Et le laboratoire médical a annoncé à celui qui était atteint d'un cancer que sa tumeur était bénigne et inversement. Quand le laboratoire s'est aperçu de l'erreur deux mois plus tard, le malade persuadé de ne rien avoir était en rémission totale. Et malheureusement, le bien-portant avait développé la pathologie dont il croyait souffrir.

— C'est peut-être le hasard.

— Peut-être. La seule certitude, c'est que si vous doutez, votre foi ne sera jamais assez forte pour vous sauver.

Le presse-légumes accélère dans la direction opposée.

— Attendez !

Je ferme les yeux et je vois le visage d'Alice. Je ne m'aime pas assez pour avoir envie de me guérir par ma force mentale. Par contre j'aime maintenant assez

Alice pour vouloir la retrouver et prolonger le plus possible ma vie à ses côtés.

J'ouvre les yeux. Le docteur Gillet a lu dans mes pensées. Mon moulin à légumes marque un grand virage et reprend la direction de la masse lumineuse.

Nous nous écrasons à pleine vitesse dans la tumeur radioactive, créant ainsi un immense cratère. Je sors indemne de l'impact et découvre un conglomérat anarchique de cellules luminescentes.

— Alors au travail maintenant ! dit la cancérologue d'une voix autoritaire.

Mon moulin à légumes est légèrement cabossé. Je tourne la manivelle. Il m'a l'air encore opérationnel.

— Et vous voulez que j'écrabouille quoi ?

— Devine !

— Tout ça ? me dis-je en évaluant la taille de ma mission : à mon échelle, la tumeur est une énorme patate qui fait peut-être cinq kilomètres de diamètre !

La voix ne répond pas.

— Docteur, vous êtes toujours là ?

— ...

Je détache une cellule verdâtre que je jette dans l'ustensile de cuisine. Je tourne la manivelle. Les particules de matières qui la composent se désagrègent aussitôt en créant de petites étincelles verdâtres et disparaissent dans le cosmos en ondulant. J'essaye de calculer l'ampleur de la tâche. J'ai l'impression d'être le Petit Prince sur sa planète. Mais la mienne est beaucoup plus grosse. Hercule avec ses douze travaux est un petit joueur.

— Prouve-toi que tu as de la volonté, conclut le docteur Gillet.

Chapitre 8

J'ai mouliné sans m'arrêter pendant mille ans. Peut-être beaucoup moins, peut-être beaucoup plus. Ce travail ne m'a jamais porté peine. Au contraire. Je ne remercierai jamais assez Alice de m'avoir donné une clé sans le savoir avec ses podcasts de méditation laïque de pleine conscience qu'elle écoutait régulièrement dans la voiture et que je subissais. Je n'en percevais pas vraiment l'intérêt. Je voyais ça comme une lubie de bobos en quête de sens. De toute façon, de mon vivant, je n'aurais jamais eu la patience de la pratiquer et de progresser.

Là j'ai eu le temps. Le temps de devenir une sorte de derviche tourneur qui imprime inlassablement et à un rythme régulier un mouvement circulaire avec le bras de mon moulin.

Au bout d'un temps, je n'étais plus Antoine Cluzel, je n'étais plus que son esprit. Une sorte de conscience qui gagnait en acuité à chaque tour de manivelle. Je n'avais plus l'impression que mon corps jetait des cellules cancéreuses dans le moulin, mais des amoncellements d'atomes. Mon esprit s'enfonça progressivement dans l'infiniment petit. Je découvris alors des électrons tournant à toute vitesse autour du noyau de l'atome. Ils disparaissaient parfois et réapparaissaient comme par magie sur une nouvelle orbite. En plongeant dans le noyau, je distinguais des protons et des neutrons. Dans les protons : je vis des quarks et des gluons. Mon esprit a été aspiré dans un quark. À l'intérieur, je découvris un espace sombre, composé essentiellement de vide !

Dans ce néant vertigineux, flottaient comme de minuscules filaments boursouflés, émettant une lueur jaunâtre. Mon esprit accéléra vers l'une de ces taches qui s'avéra être composée de centaines de milliards de points lumineux structurés en spirale. Cet amas m'engloutissait, j'étais emporté par une force incontrôlable. Depuis l'un des bras de cette spirale, je reconnus soudain un paysage familier. Plus que familier ! C'est un paysage qui m'accompagnait tous les soirs de ma navigation en bateau, une voûte céleste que j'admire depuis toujours en levant les yeux la nuit : je reconnus la Grande Ourse et la constellation d'Orion, je reconnus Cassiopée et l'étoile Polaire… j'avais devant moi un ciel étoilé d'été en Méditerranée !

J'accueillis cette information avec sérénité. À l'intérieur de chacune de mes cellules se cache l'univers tout entier. Je ne fais pas simplement partie du Tout, le Tout fait partie de moi. Peut-être même suis-je le Tout.

*

Je suis debout sur le rebord du moulin à légumes et je balaie de la main à l'intérieur du récipient les dernières cellules cancéreuses verdâtres. Je m'époussette aussi les bras au-dessus de la plaque perforée, comme si quelques lucioles s'étaient accrochées à ma peau. Je prends une grande inspiration et tourne solennellement la manivelle. Les derniers rayonnements luminescents disparaissent. Je me retrouve à nouveau dans le noir absolu et m'assieds pour la première fois sur le bol métallique de mon ustensile de cuisine géant.

Je mets les mains en porte-voix et dis d'une voix paisible :

— J'ai fini.

Le docteur Gillet ne me répond pas.

Je prends conscience que pendant tout ce temps, je n'ai plus jamais essayé de m'adresser à mon cancérologue. Je n'en ai jamais éprouvé le besoin. Pas une seconde non plus je n'ai pensé à ma maladie.

Quel luxe formidable de pouvoir faire une séance de méditation de quelques siècles ! Je remets les mains en porte-voix pour répéter ma phrase. Mais je m'abstiens. Je sais pourquoi. J'ai accepté mon sort. Je me suis détaché de tout pour découvrir le Tout, pour me découvrir moi-même.

La matière est onde ou corpuscule et passe d'un état à l'autre par la pensée. C'est valable pour toute matière. C'est-à-dire aussi pour celle qui constitue mon corps. Je dois donc quitter mon enveloppe matérielle et devenir énergie pure. N'être plus selon les religions, qu'une conscience, une âme, un esprit, une essence, un souffle, un champ vibratoire, un âtman…

Je descends dans le moulin, pose mes pieds sur les lames et commence à tourner la manivelle. Mes pieds aussitôt disparaissent. Je n'éprouve aucune douleur. Je continue de mouliner. Je sens que je me dématérialise. Mes genoux, puis mes jambes changent d'état et deviennent des ondes. Cette sensation est grisante.

Mon ventre a disparu. La manivelle commence maintenant à être haute au-dessus de mes épaules. Je la tiens fermement à deux mains et donne une grande impulsion pour provoquer un maximum de rotation. Puis je plonge la tête la première dans le moulin.

Chapitre 9

Je n'ai plus aucune sensation physique. Je n'ai plus d'yeux, plus d'oreilles, plus d'odorat, plus de touché. Un Locked-in syndrome total. Je ne suis plus qu'une pensée qui n'a rien d'autre à faire que de penser. J'ai peut-être atteint le Nirvana.

Comme dit le petit prince de Saint-Exupéry, on ne voit rien, on n'entend rien et cependant quelque chose rayonne en silence.

Durant ma méditation, je n'avais de cesse de me transcender, de m'approcher de la lumière en m'enfonçant dans l'obscurité. J'ai progressivement découvert la vraie nature de la réalité, au-delà des illusions de mes cinq sens. Sans prétention aucune, je crois que ma pensée s'est fondue dans celles de Siddhârta, des dalaï-lamas, de Jésus, de Mahomet, de Sitting Bull… Je suis gagné par la paix intérieure.

*

Cette paix dure depuis un jour ou depuis l'éternité. Je la savoure comme le plus précieux des états que l'on puisse connaître. Pourtant, petit à petit, je sens poindre une petite gêne que je ne m'explique pas. Ce malaise croît inexorablement. Il se transforme en mal-être, puis en angoisse atroce. Encore pire que celle que j'ai pu ressentir, allongé sur la tombe d'Alice Senior. Je finis par comprendre que je suis en train de stagner. Je me suis trompé dans ma méditation en pensant devenir le Tout. Je ne suis que la moitié du Tout.

L'univers, c'est le Yin et le Yang. Le blanc et le noir. La spiritualité et la matérialité. L'onde et la matière. Et on ne peut pas être les deux à la fois. On doit choisir son camp par la conscience. Le mélange gris n'existe pas.

Quelle que soit notre quête, pour progresser, il faut être capable de prendre du recul.

Le recul quand on est matière, c'est de s'élever dans la spiritualité. Mais quand on n'est plus que la plus pure des informations éthérées, c'est quoi ? Peut-être de faire le chemin inverse, sortir des questions métaphysiques. Quitter le spirituel pour le matériel.

Cela devient viscéral, les couleurs me manquent, les odeurs me manquent, le goût me manque, les sons me manquent. Je n'ai pas le choix, je dois essayer de retrouver mes sens. Je veux me rapprocher de ma condition humaine pour essayer de la comprendre.

Pour avancer dans cette quête matérielle, je dois m'appuyer sur le seul outil à ma disposition : ma mémoire. Je cherche donc à essayer de me souvenir du plus de détails possible de ma vie sur Terre.

À force d'entraînement, les souvenirs affluent. De plus en plus. Des souvenirs qui petit à petit deviennent visuels. Je revois des couleurs. Je les laisse venir à moi. Je vois maintenant la couleur des yeux de Mona Lisa de mon T-Shirt du départ. En me concentrant, j'arrive à discerner le tableau de Léonard de Vinci dans son ensemble. Je persévère et suis à présent capable de voir les détails du tableau. Je décide de me focaliser sur les moments forts de ma vie. De façon totalement désordonnée jaillit un torrent d'images. Je commence aussi à réentendre des sons. Des sons multicolores ! Des musiques bariolées, des rires saturés. Je revois même les soupirs couleur mandarine d'Alice dans nos rapports charnels... Je suis entré dans la caverne d'Ali Baba de ma mémoire.

Je suis surpris de découvrir que toutes mes expériences de vie se sont gravées quelque part dans mon cerveau. Chaque nouveau souvenir est comme une couche de sédiment qui a recouvert la précédente. Tout est là, les bons moments comme les mauvais. Il faut simplement apprendre à creuser des galeries dans cette mine pour retrouver les pépites qui y sommeillent.

*

Je décide de revivre entièrement mon passage sur terre en commençant par le début. Malheureusement, à partir d'une certaine profondeur, j'ai beau essayer de creuser, la roche est trop dure. Je n'arrive pas à faire émerger les souvenirs de ma petite enfance.

Le plus loin dont je me souvienne, c'est quand ma mère m'a séché une larme avec Choupy, mon lapin en peluche que j'avais égaré. Je devais avoir cinq ans, peut-être quatre. Choupy avait l'œil droit crevé. Je ne me rappelle pas si c'est moi qui le lui ai arraché, comme tout enfant qui essaye d'apprendre par les expériences.

Je revis avec émotion le jour où une fille que j'avais oubliée avait sorti un nuancier de couleurs de son cartable pour que je lui dise quelle était la couleur de sa voix. C'était une déclaration d'amour et je ne m'étais rendu compte de rien.

Je revois aussi mes parents aimants et attentionnés, faisant de leur mieux pour m'éduquer. Ils étaient formidables de générosité. Je me rappelle aussi tous mes enseignants. Je revois leurs visages. Ils me paraissent avoir à peu près mon âge au moment où je suis mort. C'est fou comme la perspective change les perceptions.

Par curiosité, j'assiste avec plaisir aux cours de sciences humaines et de philosophie que je détestais. Et je me replonge régulièrement dans les leçons d'histoire ou de sciences naturelles. Comment avais-je pu oublier quelque chose d'aussi merveilleux que le mécanisme de la photosynthèse ?

*

Je m'attarde dans le plus brillant des joyaux de la malle aux trésors de ma mémoire : Alice. Avant ma mort, j'avais le vague souvenir de notre rencontre maladroite. Maintenant, je peux me souvenir précisément de chaque moment passé ensemble. Chaque détail. Je pense souvent à notre première soirée à la Cave de la Canourgue, un merveilleux bar à vins sur une place ombragée de Montpellier : j'étais pétri de trouille, comme si déjà à l'époque je la savais trop bien, trop intelligente, trop belle pour moi. Je peux vous dire de quelle couleur elle était habillée ce soir-là, mais aussi tous les jours de notre vie commune. Je me rappelle chacun de ses regards, chaque fois que nous avons fait l'amour.

Je revois aussi avec difficulté la mort de mes parents dans un stupide accident de voiture. Je ressens à nouveau ma peine, mais aussi le formidable soutien d'Alice et les mots justes de mes amis. Et je revis à nouveau mon désarroi en découvrant les taches sur mes radios des poumons, prendre la mer seul et faire demi-tour devant Alice, puis descendre en bateau la Méditerranée.

*

J'ai à présent le recul nécessaire pour juger ma vie en toute objectivité, en particulier ma vie commune avec Alice. Si une lumière pouvait pleurer, je crois que je l'aurais fait. J'ai honte de moi. Tellement honte. J'ai honte de ne pas avoir été plus attentionné, plus observateur, plus empathique, plus généreux, plus compréhensif, plus conciliant, plus admiratif, plus courageux, plus solide, plus volontaire, plus moral… Je m'arrête. Il y aurait de quoi faire un inventaire à la Prévert. J'ai laissé le plus lumineux des diamants prendre la poussière, alors que j'aurai dû le placer dans un écrin, le protéger, le polir tous les jours avec un chiffon doux et l'admirer sans cesse.

Que j'aimerais pouvoir à nouveau serrer ma femme dans mes bras et m'excuser. Que j'aimerais pouvoir tout recommencer.

Alice n'était pas ma seule pierre précieuse délaissée, il y avait aussi mes amis devant lesquels je me pavanais sans vraiment m'intéresser à eux, ma famille que je négligeais, les inconnus qui ne m'inspiraient qu'indifférence. Je me dégoûte. L'égoïsme, la petitesse et la fainéantise ont régi ma vie matérielle.

Au catéchisme, j'ai appris que mon âme serait pesée sur la balance du jugement dernier.

J'ai maintenant le recul pour évaluer mon passage sur terre. Je deviens saint Pierre. Ma sentence est irrévocable : je me condamne à prendre domicile pour l'éternité dans l'enfer des remords.

*

Je me souviens, I remember, Recuerdo, Eu lembro, Ek onthou'ai, Ich erinnere mich, Я помню, 覚えている, আমি মনে করি...

Dans l'égoïsme qui m'a toujours caractérisé, je me concentrais sur mes propres souvenirs, alors qu'avec ma nouvelle condition, j'ai aussi accès aux malles aux trésors de toutes les âmes.

Je retrouve facilement la conscience d'Alice. Je constate qu'elle est particulièrement élevée du fait de sa pratique régulière de la méditation. Mais je me refuse à y plonger. Même si j'en crève d'envie, je ne m'en sens pas le droit. J'aurais l'impression de la trahir en découvrant le fond de sa pensée. Ce serait la plus obscène des indiscrétions. Je respecte donc son jardin secret.

Je visite au hasard des esprits inconnus pour essayer de comprendre la condition humaine dans son ensemble.

Je passe le plus clair de mon temps dans des cerveaux féminins, c'est là que j'apprends le plus. La plupart des femmes ont une sensibilité sans commune mesure avec celle des hommes. Je découvre avec délice que leur perception des couleurs est beaucoup plus développée. Mais surtout je reste subjugué par l'intensité de leurs orgasmes. En ressentant des jouissances féminines, j'ai le sentiment d'avoir été quasi frigide pendant mon incarnation.

Je me plonge également dans l'esprit de ceux qui ont marqué le monde. Mon cerveau préféré, c'est celui de Van Gogh. Outre sa folie qui est fascinante, j'ai suivi le cours particulier dont rêverait tout coloriste. Comment l'humanité a-t-elle pu passer à côté de son génie pendant son vivant ?

J'ai pris également des leçons de courage en suivant les vies de Marie Curie et de Simone Veil.

Mais je dois vous avouer que j'ai souvent été déçu par la plupart des personnages illustres : ils ont aussi une part d'ombre. Newton était un menteur et un égoïste qui n'a pas hésité à plagier les travaux du physicien Robert Hooke. Voltaire était homophobe, misogyne, antisémite et islamophobe. Einstein a abandonné son fils retardé Edward dans un asile en Suisse. Nelson Mandela était un homme colérique, volage, qui a déshérité son ex-femme sans qui il ne serait jamais arrivé au pouvoir.

Je suis saint Pierre et je peux maintenant juger l'ensemble des humains. Ils ne sont que… des humains, avec leurs sensibilités, leurs aptitudes mais aussi leurs travers.

Je découvre que j'ai aussi accès à la conscience de toutes les espèces animales. La plupart d'entre elles possèdent un esprit étonnamment développé.

Je m'enfouis dans les souvenirs de centaines de vertébrés, de mollusques, d'insectes et de crustacés. Je suis fasciné de voir à quel point la plupart des espèces sont capables de ressentir l'amour, l'altruisme, l'abnégation, mais aussi l'égoïsme et la lâcheté.

Mais ce qui me surprend le plus, c'est leur système visuel. Aucune n'a la même perception des couleurs ! Mieux ! Elles évoluent dans un environnement dont je découvre les teintes et qu'il m'est impossible de décrire.

Ces milliers de couleurs ne ressemblent à aucune de celles de l'arc-en-ciel, ni même au noir, au blanc et au brun. Je comprends soudain la limite de l'imagination humaine. Essayez de vous représenter un vert rose ou un orange bleuté, c'est impossible. Alors que ces couleurs existent bel et bien et sont perçues par de nombreuses espèces animales.

Là où j'aperçois le plus de nouvelles teintes, c'est dans les ultraviolets et dans les infrarouges. Je me connecte souvent au système visuel des insectes, en particulier celui des abeilles. Leur perception chromatique n'a strictement rien à voir avec celle des primates. Prenez une marguerite par exemple, nous voyons ses pétales blancs alors que l'essentiel du spectre de ses couleurs est dans les ultraviolets. La couleur de ses pétales vus par une abeille, je n'ai d'autre choix que de la nommer *rayonnement ultraviolet d'un pétale de marguerite*. Tout ce que je peux vous en dire, c'est que cette couleur est tellement somptueuse que je comprends qu'elle ait été choisie par cette fleur pour attirer les pollinisateurs.

J'ai maintenant une vision holistique du vivant et je suis en admiration permanente. Je ne juge plus, je comprends. Je nous aime tels que nous sommes. Complexes, divers, paradoxaux, étonnants, souvent égoïstes, parfois malhonnêtes, mais dans le fond tellement merveilleux.

Je ne suis plus saint Pierre, je deviens Dieu. Je suis miséricorde.

*

Si je compare mon activité cérébrale actuelle à celle de mon passage sur terre, j'étais une ombre, je suis maintenant une lumière. Je suis enthousiaste de tout, curieux de tout, amoureux de tout, connecté à tout...

Du coup, une question me taraude depuis un moment. Étais-je vraiment vivant lors de mon incarnation ?

Plus je progresse dans ma réflexion et plus j'en suis persuadé : je suis resté décédé pendant quarante et un ans et je suis né en passant le détroit de Gibraltar.

La vie commence vraiment après la mort. Mon éducation terrestre m'avait juste bercé d'illusions étriquées.

*

Je suis vivant depuis un milliard d'années, peut-être beaucoup plus, peut-être beaucoup moins. Et je me sens un peu las.

Je me réfugie maintenant souvent dans l'esprit de Monet. Son opération de la cataracte lui a permis d'élargir son spectre visuel, de voir et de peindre des couleurs dans les premiers ultraviolets. Les tableaux des iris sont encore plus époustouflants enrichis de ces nouvelles couleurs invisibles aux yeux de la plupart des humains.

Pourtant, même ces chefs-d'œuvre n'endiguent plus le sentiment de mélancolie qui m'envahit. Je sais pourquoi. Le sens du toucher pendant mon passage terrestre me manque de plus en plus.

Je voudrais peler une orange, détacher un à un ses quartiers et en apprécier le jus qui coule dans ma gorge. Je voudrais prendre une poignée de sable et regarder les grains minuscules filer entre mes doigts. Je voudrais faire éclater du papier à bulle d'une pression du pouce. J'ai beau être Dieu, je n'ai toujours pas les moyens de m'offrir un Cabriolet Mercedes 190 SL gris métallisé, modèle 1955.

Mais je rêve surtout de caresser les seins fermes d'Alice et de lui faire l'amour. Je rêve d'une partie de tennis. Je rêve de retrouver de la légèreté et de rire avec des amis. Depuis combien de temps n'ai-je pas ri ?

Je me sens terriblement seul et je connais maintenant la vraie valeur des choses. « Il n'est de richesses que d'hommes », dit Jean Baudin. Ce qui m'intéresse finalement dans la vie matérielle, c'est le rapport aux autres. Je ne supporte plus ma condition éthérée.

Je suis Dieu et je n'ai plus goût à la vie. Je suis le Tout, envahi de pensées suicidaires.

Si je suis éveillé, alors je veux m'endormir du plus profond des sommeils. Oui, j'ai envie de mourir pour ne plus rester seul. J'espère que les dieux sont mortels.

Je voudrais tellement devenir un nouveau Jésus ou toute autre enveloppe charnelle. Avoir douze apôtres ou des centaines de copains. Est-ce possible ?

Peut-être. La réincarnation existe si j'en crois la genèse de la plupart des religions. En plongeant dans l'esprit de différents historiens, je découvre à ma grande surprise que cette doctrine, avant de s'étendre en Orient, est apparue dans le bassin du Nil. La réincarnation faisait partie de la foi des Égyptiens, puis des Grecs antiques et des Romains. On en retrouve des traces dans la Kabbale, ainsi que dans la Bible et toutes les religions qui en découlent. Pharisiens, musulmans chiites dans leurs courants druzes et alaouites… même les chrétiens ont longtemps cru aux cycles de réincarnation ! Ce n'est qu'au concile de Constantinople en l'an 533 que la foi dans la réincarnation fut abandonnée au profit de la résurrection. Quatre siècles plus tard, les Cathares reprirent cette croyance et furent en grande partie exterminés pour cette hérésie. Les chiites ont aussi abandonné cette doctrine vers l'an 1000.

Je prie pour que toutes ces religions aient été dans le vrai à leurs débuts. Je prie de toute mon âme. Parce que la prière est une façon de changer les ondes en matière.

Je prie pour qu'il y ait une mort après la vie. Mes prières se teintent de l'éclat de toutes les couleurs, visibles et invisibles.

Chapitre 10

Je crois percevoir des douleurs. Des douleurs physiques. J'ai donc peut-être un corps qui se matérialise. Quelle merveilleuse sensation que de souffrir !

Vishnu s'est réincarné neuf fois dans ce monde. Et moi, aurai-je la chance de quitter ma condition d'onde et de re-mourir, ne serait-ce qu'une fois en redevenant matière ?

*

Je ressens des spasmes. Je suis donc bien en pleine gestation ou en pleine pousse, je ne sais pas encore. Vishnu s'est incarné en fleur, en animal et une seule fois en homme. Et moi en quoi vais-je renaître ou éclore ?

*

Je crois que je perçois des ondes… sonores ! Oui j'ai l'impression d'entendre. Un bruit régulier et répétitif !

Je ne suis donc pas un végétal. Cela aurait pu être une merveilleuse sensation que de sentir le contact d'une libellule qui se pose sur ses pétales de fleur.

*

Selon l'hindouisme, j'ai de bonnes chances de me matérialiser en vache. Les vidéos sur la maltraitance animale et son spectre de couleur limité à la couleur verte ne me font pas envisager cette probabilité comme une chance. Je n'ai pas non plus envie d'être électrocuté à trois ans dans un abattoir.

Les bruits toujours aussi réguliers sont de plus en plus distincts. Je crois reconnaître l'instrument qui bat la cadence. C'est probablement un cœur.

*

Je retrouve des réflexes de ma précédente incarnation. J'ai peur. De plus en plus. Pour lever l'angoisse qui monte en moi de façon incontrôlable, j'arrive à ouvrir et à fermer une partie de mon organisme. Je comprends que c'est ma bouche. J'essaye de me saouler en avalant ce qui est peut-être du liquide amniotique. Je n'ai encore aucun palais pour en apprécier le goût. Tant mieux, j'imagine que c'est moins agréable que de boire un grand vin. Pour passer le temps, je goûte mentalement tous les grands crus de la planète. Étrangement, je ne me souviens plus très bien de la saveur des grands vins de Bourgogne.

*

En écoutant attentivement, je perçois deux battements de cœur distincts, l'un étant beaucoup plus lent et beaucoup plus grave que l'autre. J'en conclus que je suis un fœtus de mammifère. C'est une bonne nouvelle : je redoutais aussi de me réincarner en autruche, même si elle perçoit beaucoup plus de couleurs que n'importe quel être humain…

Je suis seul dans la poche de liquide amniotique de ma génitrice, ce qui réduit également le champ possible des espèces mammifères où une grande partie met bas à des portées.

*

Je crois que je perçois des ondes… lumineuses ! Oui j'ai l'impression de voir ! Ce que je vois est très flou et me semble teinté couleur d'orangé.

*

J'ai quatre appendices qui se développent. Sont-ce des pattes ou des bras et des jambes ? Ce qui est sûr, c'est que ce ne sont pas des nageoires. Je ne suis donc pas un fœtus de baleine ou de dauphin. J'aurais peut-être adoré.

*

Mon ouïe est de plus en plus fine et je commence à percevoir des sons qui pourraient ressembler à des voix humaines. Ce serait une nouvelle formidable. Mon dernier passage sur Terre n'a pas été terrible et j'aimerais bien me racheter plutôt que de finir coupé en tranches sous une sauce béarnaise.

*

La pression redescend d'un cran. Je viens d'être « chahuté » par un pénis exactement 141 fois. J'ai compté. 141 coups de butoir contre la frêle membrane ovulaire. À raison d'un aller-retour en moyenne toutes les trois secondes et sachant que le rythme a été beaucoup plus soutenu vers la fin de l'acte, j'estime que ma génitrice a copulé sept minutes. En fouillant dans ma mémoire, je ne trouve aucune autre espèce vivante dont l'acte de reproduction dure autant. Le propre de l'Homme, ce n'est pas le rire, ni l'outil, c'est le coït long.

Je suis donc un fœtus humain. J'espère renaître en femme.

*

Je me situe dans le neuvième mois de grossesse. J'ai des ongles longs au bout de mes doigts et je sens un duvet sur mon crâne quand je passe la main. Je ne peux quasiment plus bouger dans ce ventre. J'ai veillé à positionner mon corps la tête vers le bas pour ne pas naître en siège.

J'ai réussi à glaner quelques indices : je vais naître en France. Mon oreille n'est pas encore parfaitement développée et les sons qui me parviennent sont trop étouffés par le ventre de ma génitrice, mais je reconnais les musiques. Elles ont les mêmes couleurs que dans ma vie précédente. Mes géniteurs sont branchés toute la journée sur Nostalgie ou Chérie FM. J'ai entendu à la radio du Dalida, du Johnny Hallyday et du Julien Clerc. J'espère que je m'entendrai bien avec eux, parce qu'avec tout l'amour que je leur porte sans même les connaître, ce dont je suis déjà sûr, c'est que nous n'avons pas du tout les mêmes goûts musicaux.

*

Il y a pourtant une autre question que j'aurais dû me poser et que volontairement j'occultais, c'est l'état de ma mémoire. Les galeries de mes souvenirs s'effondrent les unes après les autres. C'était quoi déjà le nom de la couleur de mon nuage préféré sur l'îlot ? Celui qui était légèrement translucide. Diaphane ? Non ce n'est pas ça…

Une légende prétend que le sillon que l'on a sous notre nez, c'est l'empreinte de l'index d'un ange qui à la naissance nous dit : « Tu dois tout oublier de ce que tu sais. »

Je me concentre sur Alice, sur tous nos moments de bonheur, la couleur de sa voix, même sur nos engueulades et mes petitesses. Je prends tout. Avec avidité, je ne veux pas l'oublier. Le plus tard possible.

*

Comment était habillée Alice à notre première soirée ? Je ne sais plus. Alice ! Alice ! Alice ! Je répète son nom mentalement autant de fois que possible pour m'en souvenir encore un peu. Mais en fait, la vraie raison, c'est que je souhaiterais la retrouver dans ma prochaine incarnation.

*

Je suis comprimé de tous les côtés. Je ne peux absolument pas bouger. Ni les pieds, ni les bras, ni la tête. J'ai l'impression que je vais imploser sous la pression.

Je sens une nouvelle fois se compresser un étau au niveau du bassin et remonter vers le haut du corps. Ce massage palpé-roulé me compresse maintenant les épaules, puis mes tempes. J'ai toujours détesté les massages. Encore plus ceux-là. Leurs fréquences s'intensifient. La pression soulève à chaque fois ma tête. Le reste de mon corps suit parfois comme un élastique.

Je viens encore de progresser vers la sortie.

— Poussez, madame !

La poche des eaux est rompue depuis quelques longues minutes, j'entends mieux les voix. Je les perçois même en couleurs. Cette voix masculine sourde est pleine d'assurance. Je ne la connais pas.

— Haaaaaaaaaaaaaaaaaaaaaa ! hurle une voix féminine dont la couleur me rappelle vaguement quelque chose.

— Poussez encore ! fait la première voix avec autorité.

Je sais que cette injonction ne m'est pas adressée. Mais je le prends aussi pour moi. Tout ce que je veux, c'est me dégager au plus vite de cette chambre de torture. J'essaye de pousser avec mes bras, mais je constate que je n'ai aucune force.

Soudain je sens une nouvelle contraction, encore plus forte. Je n'ai jamais eu aussi mal de toutes mes vies et morts comprises.

— Haaaaaaaaaaaaaaaaaaaaaaaaaaaaaaaaaaaaaaaaaaaa !

C'est sûr, j'ai déjà entendu la voix de ma génitrice. Son périnée me comprime une nouvelle fois. Ma tête progresse encore de quelques centimètres. Le corps suit toujours. J'ai la bouche ouverte et n'arrive même pas à la refermer tellement la pression est forte. Mon nez enfoncé dans le crâne, doit être en négatif, comme le doigt retourné d'un gant. Que c'est douloureux, le passage dans l'au-delà terrestre !

Pour essayer d'atténuer ma souffrance, je me concentre sur autre chose. J'ai la sensation d'avoir froid sur le haut du crâne et émets une hypothèse. Étant donné que dans l'utérus, la température est de 37 °C et que la salle d'accouchement doit être climatisée à 21 °C, il y a donc un écart de 16 °C entre les deux milieux. Si j'ai froid sur le crâne, c'est peut-être que je ne suis pas loin de sortir de ce calvaire.

— On le voit, madame ! Poussez encore !

Merci, monsieur le gynécologue, de me confirmer ma théorie. Et merci d'encourager madame à se dépêcher. Le « palpé-roulé » semble maintenant ne plus s'arrêter et me fait encore progresser dans le vagin. Soudain je sens des doigts attraper ma tête et tirer avec force. Une brute vient de m'arracher la tête ! Mon corps est resté dans l'utérus.

Fausse alerte. Je reçois une fessée qui me confirme que tout a suivi et que l'obstétricien est décidément une brute.

J'ai froid. Je me demande si la salle d'accouchement n'est pas climatisée à 17 ou 18 °C.

— Bienvenue, Antoine, dit la voix du médecin faussement calme, en me mettant une nouvelle fessée encore plus forte.

Un réflexe me pousse à vider mes poumons de leur liquide et à respirer. Pourtant les propos de l'obstétricien m'en ont coupé l'envie, à défaut du souffle. Il a dit : « Bienvenue Antoine. » Certes des Antoine, il en naît tous les jours. Mais je comprends enfin où j'ai entendu de nombreuses fois les cris de celle qui vient de m'enfanter. Celle qui possédait cette voix rauque bleu acier qui devenait fluo quand elle montait dans les décibels, c'était ma mère lorsqu'elle me demandait de ranger ma chambre !

Je pousse un cri du cœur :

— Mais pourquoi ?

Je comprends que les muscles de ma mâchoire ne sont pas assez développés pour me permettre d'articuler. Tout ce que les personnes présentes dans la salle d'accouchement ont entendu, c'est mon couinement frêle de nourrisson. On me passe de bras en bras, on me coupe le cordon et on me pose nu entre les seins de ma mère. J'ai tout de suite moins froid. Mais je suis angoissé. Je constate avec stupeur que ma mémoire flanche de plus en plus. Je constate, effaré, que je n'ai plus aucun souvenir des couleurs invisibles. Dans combien de temps vais-je avoir complètement tout oublié ? C'est une question d'heures, peut-être de minutes.

— Cher ange, je t'en supplie ! Prends ton temps avant de me graver ton empreinte de doigt sous le nez.

*

Mon premier bain. Un pansement sur mon nombril qui me fait énormément souffrir. Je suis maintenant allongé sur la table à langer, le cul à l'air. Pendant qu'une infirmière m'essuie les fesses, je fais le point. Le temps ne s'écoulerait donc pas de façon linéaire comme on en a l'illusion, mais en suivant un cercle. Alice Senior avait essayé de m'expliquer ce concept. Maintenant, j'en ai une belle illustration. On peut se souvenir du futur, puisqu'il a déjà eu lieu. Ce qui explique pourquoi nous avons tous l'intime conviction, parfois, de revivre certaines scènes. C'est la réminiscence d'une incarnation précédente. La vie est bien un éternel recommencement.

Un train peut être arrivé avant de partir… dans une prochaine vie !

Je me pose alors naturellement une question. Est-ce que ma vie ou ma mort (je ne sais plus vraiment comment qualifier mon passage sur Terre) va se reproduire à l'identique ? Ou est-ce qu'il y a des changements même infimes à chacune de mes naissances ? Cette deuxième hypothèse impliquerait que le temps ne s'écoulerait peut-être pas tout à fait dans un mouvement circulaire, mais plutôt dans une forme de spirale avec éventuellement des carrefours qui nous permettraient de basculer dans des univers parallèles. Cette hypothèse me semble plus porteuse d'espoir car tout ne serait alors pas forcément écrit. L'humanité pourrait ainsi progresser en élevant son niveau de conscience et réduire sa part d'ombre.

À titre personnel, si le temps s'égrenait dans une spirale, peut-être que mes parents arrêteraient de succomber dans un accident de voiture et peut-être que je pourrais un jour rendre Alice heureuse. Peut-être même que nous pourrions adopter trois enfants comme elle le souhaite. Je trouve insupportable l'idée que chacune de nos vies communes soit un tel échec.

J'élabore un plan pour en avoir le cœur net. Dans mon cycle précédent, mes parents m'ont souvent rabâché que j'ai fait ma première balade en bateau le lendemain de ma naissance. Ce qui veut donc dire que mes premiers jours se sont déroulés sans histoire.

Je vous présente mes excuses, mes chers géniteurs. Malgré l'amour que je vous porte depuis toujours, cette fois-ci, il faudra oublier notre croisière de demain parce que j'ai décidé d'employer la même arme pacifiste que le Mahatma Gandhi dans son ashram de Calcutta : je vais refuser de m'alimenter.

Je reste donc la bouche fermée quand ma mère me plaque le visage contre sa poitrine gonflée.

Au-delà du fait que je veuille savoir si nous avons ou non un destin prédéterminé, ce qu'il me reste de mémoire me fait trouver cette familiarité incestueuse plus qu'embarrassante. Je grimace de dégoût qui se transforme en gémissement.

— Désolé, maman, mais les seuls seins qui m'attirent sont encore ceux d'Alice.

— Ne pleure pas, mon bébé, tu vas y arriver !

Je ne vois pas d'autre solution que de lui vomir dessus pour me faire comprendre. Rien de plus facile avec mon estomac qui n'est pas encore formé.

— Et alors, moussaillon, on fait des rototos ?

Ça, c'est mon père qui me parle avec une voix ridicule en me soulevant doucement, sa main derrière ma tête.

Pourquoi s'adresse-t-on à des bébés comme si c'était des demeurés alors que notre cerveau est bien plus efficient que celui de n'importe quel adulte ? Notre intelligence est certainement due au fait que nous avons encore des restes de notre vie éthérique précédente.

Mon père me tourne délicatement et me plaque contre l'autre sein de ma mère. Je hurle de tous mes poumons, plus déterminé que jamais à poursuivre ma grève de la faim.

— On lui donne un biberon ? demande mon père.

— N'y comptez même pas, si vous voulez me nourrir, il faudra me perfuser. Quand je vous dis que demain, nous ne ferons pas de bateau !

Je suis tiraillé par la faim, mais plus que jamais déterminé à tenir. Toutes ces émotions m'ont aussi extrêmement fatigué. Je n'ai même plus la force de pleurer. Je me sens partir dans un lourd sommeil de nouveau-né. Peut-être la plus douce sensation que j'ai ressenti depuis la nuit des temps.

*

Je suis un peu incommodé par la forte lumière du jour qui se glisse entre les persiennes de la fenêtre. Combien de temps ai-je dormi ? Longtemps je crois. La mémoire de mon cycle précédent a-t-elle encore décliné ? Je fais une check-list de mes souvenirs : je m'appelle Antoine, je suis mort ou né à quarante et un ans dans ma dernière incarnation. J'étais marié avec Alice, la plus formidable des femmes. La couleur de sa voix, c'était… c'était… Je sens une boule d'angoisse me serrer le ventre. Je ne m'en souviens plus.

Je me réveille en panique. Pourtant, ce n'est pas la perte de ma mémoire qui me terrorise, c'est de constater que je suis en train de téter le sein de ma mère. Par réflexe. Je me suis nourri dans mon sommeil. J'en ai des sueurs dans le dos.

— Demain mon chéri, me murmure ma mère, on va aller faire du bateau avec papa.

Je hurle de désespoir :

— C'est épouvantable ! Spinoza est dans le juste quand il dit « qu'il n'y a rien de contingent dans la nature des choses ; elles sont au contraire déterminées par la nécessité de la nature divine à exister et à opérer d'une manière certaine ! »

— Mais oui, mon bébé ! me répond ma mère qui n'entend que des pleurs.

— Tu ne te rends pas compte ! La condition humaine est condamnée à stagner pour l'éternité ! dis-je à ma génitrice en essayant de croiser son regard malgré ma vue trouble.

— C'est ça, mon trésor ! me dit-elle en me changeant de sein.

Je suis désespéré. Comment se fait-il que je me rappelle encore de Spinoza alors que ma mémoire se lézarde de plus en plus ? Parce qu'il faut que je sache si j'ai une chance d'améliorer le sort d'Alizée... Aline... Alix... Je lui dois bien ça.

Je sens qu'il sera bientôt trop tard. L'ange qui va mettre son doigt sur ma bouche n'est pas loin. J'emploie donc la deuxième et dernière arme à ma disposition pour ne pas faire cette foutue balade en bateau. Une arme beaucoup moins pacifiste, une arme qui est même létale : ma respiration. Je n'inspire plus volontairement. Je dois savoir. Si j'arrive à sortir de ce cycle, je pourrai peut-être rendre quelqu'un moins malheureux puisqu'il ne me rencontrera pas. Ou heureux dans une prochaine existence terrestre si tout n'est pas écrit. Ou quelque chose comme ça, je ne sais plus.

Je bloque toujours ma respiration. Mon visage a dû devenir violacé puisque ma mère se met aussitôt à hurler en me tapant dans le dos. Cela me fait mal, mais je ne bronche pas. Je sens que l'on me soulève brusquement. Une infirmière m'a attrapée et court dans les couloirs en me portant à bout de bras. Pourquoi ces femmes portent-elles toujours des sabots en bois ? me dis-je en voyant résonner le bruit de ses semelles dans une couleur safran. Il fait froid dans ce couloir. La respiration n'est pas un réflexe chez le nourrisson, j'arrive à la bloquer sans trop d'effort. On m'amène dans ce qui doit être un bloc opératoire. J'entends des gens crier autour de moi et des bips de moniteurs. On me branche des électrodes sur la peau. Et on m'envoie de l'air dans la bouche à travers un masque. Je continue de bloquer mes poumons. Je ne sais plus pourquoi mais il le faut, je le sais. Je vois une spirale qui s'élève dans mes songes. Ça veut dire quoi ? J'entends un bip long. Je vois une tache bleutée. Et je ne me rappelle plus rien.

Chapitre 11

Je me réveille en sursaut en reprenant mon souffle, comme après une apnée du sommeil. Où suis-je ? Je reconnais la cabine centrale de mon bateau, qui est toujours couché sur le flanc. Je suis allongé sur la banquette du carré, calé entre l'assise et le dossier. Je regarde mes bras, ce sont bien mes bras… d'adulte ! À travers le hublot, j'aperçois le cocotier.

J'ai recouvré à peu près la mémoire que j'avais lors de mon dernier séjour ici et seulement quelques rares détails de ma vie éthérique et de ma renaissance.

Je m'attendais à me retrouver partout sauf ici. Peut-être à nouveau dans le ventre de ma mère. Peut-être une nouvelle fois « énergie pure » dans les cieux. Idéalement dans mon lit à Sète, mais pourquoi sur cette foutue île déserte ?

Je hurle sans trop y croire : « Alice ! » Mais personne ne répond. Je passe la tête à travers le panneau de pont, terrorisé. J'aperçois la tombe de ma femme derrière le cocotier.

Quel prétentieux je suis d'avoir pu penser que j'étais devenu un sage, m'approchant des questions existentielles ! Il est encore loin le nirvana ! Je suis tout sauf Dieu ! Et s'il existe, peut-être refuse-t-il de me donner les clés de la création parce que je n'en suis pas digne.

J'ai perdu toute la sérénité que j'éprouvais dans ma méditation, toute la soif de savoir de ma condition éthérique, je suis abattu. Je ne veux plus rien, même pas mourir. Je reste là hagard, le dos voûté, les bras ballants. Je suis vide.

Il y a une éternité, mon vœu le plus cher était de regagner cet îlot. C'est fait. J'ai donc certainement provoqué ce qu'il m'arrive dans ma conscience. Je regarde la tombe d'Alice le cœur lourd.

Je monte dans le cockpit. J'ai envie de vomir. Mais je n'y arrive pas.

Soudain quelque chose m'apparaît différent dans le ciel. Mais quoi ? J'observe mes nuages. Argile est tombé dans Lavabo, Lis est maintenant recouvert de Neige qui ne porte plus vraiment bien son nom.

Mais ce qui me laisse vraiment interdit, c'est le soleil à l'horizon. Il a quitté la ligne et monte dans le ciel. Je regarde le compas du bateau. Le soleil est toujours bien à l'ouest. Donc il ne peut pas se lever de ce côté. Et pourtant, c'est le cas. La lumière est maintenant plus forte. Le bruit du vent ne m'apparaît plus tout à fait turquoise. Les couleurs du ciel se refroidissent et prennent une teinte bleu égyptien. Je ne peux plus regarder le soleil sans cligner des yeux.

Mon îlot n'est plus non plus tout à fait le même. Il est maintenant plus petit, comme si la marée montait. Soudain, je sens une petite secousse. *3=1* vient de bouger sur le sable. Aucun doute, l'eau monte. Tout comme le soleil qui continue sa course vers l'est !

C'est impossible. Je vais chercher ma montre. Oui la trotteuse bouge enfin. Mais dans le mauvais sens. Mon cerveau bouillonne. Les abords de l'îlot s'éclaircissent et commencent à prendre des teintes couleur lagon. Jusqu'où vais-je remonter dans le temps ? Vais-je retrouver Alice vivante ? Et quelle Alice ?

De l'îlot, n'affleure maintenant plus que le cocotier et le monticule de sable sous lequel repose la femme de ma vie et de ma mort. *3=1* se redresse petit à petit. Dans quelques minutes, il va se déséchouer.

Des vaguelettes prennent maintenant d'assaut la noix de coco sur laquelle j'ai gravé nos initiales. Je ne la quitte pas des yeux. Une vague un peu plus téméraire vient l'embrasser. Le fruit se soulève et retombe au même endroit, comme s'il refusait de quitter la tombe d'Alice. Il résiste à l'assaut d'une deuxième vague, puis d'une troisième. L'étreinte de la quatrième vague est plus forte. La noix de coco flotte maintenant sur le clapot. Elle sautille sur les flots tout en s'approchant du bateau. On dirait qu'elle veut me rejoindre. Cette noix est tout ce qui me reste de ma femme. Je ne suis pas un sage détaché de tout et ne veux plus l'être. J'ai besoin de cet objet matériel. C'est un cadeau qu'elle m'a fait, me dis-je : ce sera mon talisman. Avec lui, j'aurai le courage de remonter dans le temps jusqu'à retrouver ma vie d'avant. Jusqu'à retrouver Alice. Je saute du bateau pour aller chercher mon porte-bonheur.

Chapitre 12

Je m'enfonce dans l'eau que je trouve particulièrement froide. L'îlot s'est dérobé sous mon corps. Je suis surpris de ne plus avoir pied. Je refais surface en nageant, avec d'horribles douleurs à la tête et à la cheville. Des douleurs que j'ai connues il y a des milliards d'années, quand je suis tombé du mât du bateau. Le cocotier a disparu. Aucun fruit ne flotte. *3=1* passe à côté de moi. Je constate soudain que le génois à demi roulé est gonflé par le vent. Qu'est-ce qu'il se passe. J'ai mal à la tête. Je me retrouve au niveau de la poupe du voilier qui avance à petite vitesse. Soudain j'aperçois le retour de ma drisse de spi qui file dans l'eau juste à côté moi. Avec les deux bras, je fais un mouvement de papillon et me jette de façon désespérée sur cette corde vert pistache. Au point où j'en suis, je peux prononcer le mot « corde ». Je l'attrape du bout des doigts. Je me retrouve traîné derrière le bateau, comme un skieur nautique qui a chuté et qui ne veut pas lâcher le palonnier. J'ai tellement mal à la tête. Qu'est-ce qu'il se passe ?

Je tiens bon la drisse que j'enroule autour de mon poignet. Mon corps en opposition dans l'eau quelques mètres derrière *3=1* ralentit un peu sa course. Je me mets sur le dos pour minimiser l'effort. Dans le mouvement, j'ai l'impression d'avoir aperçu une masse dans la brume lointaine sur le côté. Une forme familière. Je tourne la tête. J'ai du mal à voir. Les embruns me piquent les yeux. Je les ferme quelques secondes pour les laisser se reposer et les ouvre en regardant attentivement. J'ai aperçu le mont Canigou. Il paraît plus grand que depuis Sète. Mais je suis sûr que c'est lui, je reconnaîtrais cette montagne des Pyrénées entre toutes. Je dois donc être au large du Cap d'Agde. Le vent prend une couleur marron dans mes yeux. C'est bien la Tramontane.

Toujours traîné sur le dos, je sens une compression sur mes jambes. Je regarde mon bassin et aperçois le baudrier d'escalade que je porte à la taille et qui me compresse les jambes en résistant à la pression de l'eau.

J'essaye de comprendre. Je remarque que je ne porte pas la marinière rayée d'Éric Tabarly mais mon T-Shirt Mona Lisa. Celui que je portais au départ. *3=1* navigue sous pilote automatique avec un bout de génois, comme la nuit où je suis tombé du mât. La nuit où tout a commencé, il y a une éternité ou peut-être simplement quelques heures…

Je reste interloqué, la bouche grande ouverte, ce qui me fait boire la tasse. Quelle merveilleuse sensation que de boire de l'eau très salée. J'ai l'impression que je suis… vivant. Rien que de penser à ce mot, cela me donne une décharge d'adrénaline.

Je mets aussitôt une main devant l'autre et me rapproche petit à petit de la jupe du bateau. Je sens avec bonheur l'acide lactique se sécréter dans mes biceps. Que ces douleurs dans mes muscles sont plaisantes !

Je continue mes efforts. Les crampes ne sont pas loin. La corde cisaille mes mains. Je suis maintenant à moins d'un mètre de l'échelle de bain.

Je vois soudain *3=1* filer vers le large. La drisse est maintenant molle. Elle a lâché. Je n'aurais jamais dû dire que c'était une corde. Mais je m'en fiche ! Je suis heureux puisque je suis vivant ! Oui, je suis vivant et conscient. J'en suis sûr.

*

Je ne bouge pas. J'essaye de battre le moins possible des pieds pour garder mon énergie et j'essaye de comprendre. Vu la hauteur du soleil, j'en conclus que je suis tombé sur la tête il y a environ huit heures. Huit heures pendant lesquelles je n'ai pas touché aux réglages du bateau. Mon traumatisme crânien m'a provoqué un délire schizophrénique. J'aurais donc tout inventé ? Mon retour en bateau à Sète ? Ma volte-face devant Alice ? Mon passage de Gibraltar ? Schrö ? Demi-Alice ? Alice Senior ? L'île déserte ? Le presse-légumes ? Les cieux ? Ma renaissance ? Ma mort subite de nourrisson ? Mon retour sur l'îlot de carte postale ?

Mon délire aurait donc duré une huitaine d'heures. Et je viendrais de reprendre mes esprits en me jetant dans l'eau froide de la mer Méditerranée au large du Cap d'Agde ?

Je me frotte la joue de la main et sens les poils durs de quelqu'un qui s'est rasé la veille. Je suis donc vivant. À quelques kilomètres à peine d'Alice ! Quel bonheur !

Il manque pourtant quelques pièces au puzzle. Qui a tenté de m'expliquer des notions de physique quantique et de l'illusion du temps ? Ça, aucun délirant schizophrénique ne peut l'inventer !

Je me découvre un sourire radieux et paisible aux lèvres, comme si je ne pouvais plus avoir peur de la mort. Je me sens donc capable de réfléchir sereinement. Comment m'en sortir ? Regard circulaire. Je n'aperçois aucun bateau. Le vent marron souffle en rafale à près de 30 nœuds. Vu les conditions météo difficiles, même les pêcheurs sont restés au port. Je suis seul au milieu d'un disque bleu monotone si ce n'est le mont Canigou qui se dessine en tache plus claire à l'horizon au sud-ouest.

Je sais que je n'ai aucune chance de rentrer à la nage étant donné que je ne porte pas de combinaison néoprène. Je mourrai donc très vite d'hypothermie en laissant la chaleur partir par mes mains et mes pieds si j'essayais de nager. De toutes les façons, même avec une combinaison, cela serait impossible de rejoindre la côte à la nage. Elle se situe au moins à une trentaine de milles de ma position et un fort courant de terre me pousse au large.

Je plonge donc ma tête endolorie en arrière dans l'eau en croisant mes bras contre mon torse. C'est la procédure pour garder sa chaleur corporelle et survivre un peu plus longtemps. Dans une eau à 20 °C, statistiquement j'ai une chance sur deux de mourir dans les six heures et 100 % de chance de mourir dans les dix-huit heures. Dit autrement, j'ai la formidable chance d'avoir encore quelques heures à vivre. Quelques heures pour trouver la façon de m'en sortir. Seul. Comment ?

L'image d'Alice qui me tire la langue, façon Einstein, apparaît dans mon esprit. J'interprète ses yeux rieurs comme « tu vois très bien où je veux en venir et tu n'as pas le choix » ! Je me rappelle une citation de Paolo Coelho : « Lorsque tu veux vraiment une chose, tout l'univers conspire à te permettre de réaliser ton désir. »

Il me vient alors à l'esprit une vieille blague. C'est un curé très croyant qui tombe d'une falaise et se rattrape in extremis à un arbre quelques mètres plus bas. Ses pieds pendent dans le vide. Il est en fâcheuse posture. Il hurle de désespoir : « Est-ce que quelqu'un peut m'aider ? » Et là se produit un miracle. Dieu apparaît devant ses yeux dans un halo de lumière et lui dit : « Lâche la branche, mon fils, mes anges vont te porter et te sauver. » Le curé hésite un moment et crie encore plus fort : « Est-ce qu'il n'y aurait pas d'abord quelqu'un d'autre qui pourrait m'aider ? »

Je suis comme le curé : j'ai certainement la foi, mais on ne sait jamais... Je regarde donc une nouvelle fois autour de moi. J'aperçois une voile blanche à l'horizon ! Poussé d'adrénaline. Malheureusement, aussitôt je comprends que cette voile, c'est celle de *3=1* qui garde son cap, imperturbable.

Donc, si je dois m'en sortir par ma seule force mentale, c'est en faisant quoi ?

Si j'avais vraiment de l'ambition, j'ouvrirais mes bras, j'intimerais l'ordre à la mer de s'ouvrir et je rentrerais à pied comme Moïse !

En étant plus modeste, je peux prier pour me retrouver debout en équilibre sur le museau de deux dauphins qui nageraient jusqu'à la côte.

Ou alors, me concentrer pour être aspiré par un Canadair venu remplir ses réservoirs ! Ça, je sais que c'est impossible étant donné que les écopes qui aspirent l'eau sous l'avion font la taille d'un livre de poche. Si un avion m'amerrissait dessus, je mourrais assommé.

Il me reste le tronc d'arbre qui flotte, le container égaré ou, dans une version plus pratique, le pédalo abandonné...

Au point où j'en suis, me dis-je à cours d'idée, va pour le pédalo. Dans les Évangiles, il est dit : « Si tu penses que tu peux soulever des montagnes, tu le peux. » Je veux juste arriver à faire s'envoler un engin de plage et le faire dériver jusqu'ici.

Je ferme les yeux pour me concentrer comme maître Yoda, *Que la force soit avec moi !*

Je reste comme ça une dizaine de longues minutes en me forçant à y croire. Et ça commence à marcher. Je commence réellement à me persuader de mon pouvoir mental. J'ouvre finalement les yeux et tourne sur moi-même pour scruter l'horizon. Je ne vois rien sur la mer, si ce n'est la voile de mon bateau. Peut-être une chance sur cent milliards qu'un pédalo dérive dans les parages, me dis-je ! Ça en fait des possibilités quantiques à écarter. Continue, me dis-je. De toute façon, c'est ça où tu ne verras plus jamais Alice.

Je ferme à nouveau les yeux et les ouvre presque aussitôt. Comment se fait-il que je puisse encore apercevoir mon voilier ? Depuis que je me suis jeté par-dessus bord, *3=1* a dû parcourir au moins deux milles. Ma tête étant au niveau de l'eau, avec la rotondité de la terre, je ne devrais même plus voir le haut des voiles.

Je remarque que le bruit du vent ne produit plus tout à fait des taches marron dans mes yeux, mais plutôt couleur cannelle… comme le vent thermique. Oui, le vent a tourné. Je fais un rapide calcul de sa direction, du cap du bateau et de l'amure de la voile et je comprends. La voile d'avant est à contre, ce qui veut dire qu'elle est maintenant gonflée dans le mauvais sens. Le pilote automatique maintient le bateau face au vent. Le bateau bouchonne sur place. Mais il est loin.

J'ai nagé dans mon délire plusieurs millions de kilomètres pour retrouver Alice Senior, je peux bien en faire trois de plus pour retrouver Alice Normale !

*

Je la tiens enfin d'une main. Je me suis concentré mentalement sur l'échelle de bain pliée sur la jupe arrière de *3=1*. Mais je n'ai plus aucune force pour la déplier. Je grelotte accroché à ce tube de métal en agitant mes pieds dans l'eau. Se concentrer sur l'étape suivante. Monter à bord. Mais il faut d'abord déplier cette foutue échelle. Mes tremblements sont maintenant des spasmes. Je sens que je vais lâcher. Pas maintenant ! Soudain une vague un peu plus grosse me soulève une fraction de seconde. Ce qui me permet de soulever l'échelle et de la basculer dans l'eau.

J'ai enfin posé mes deux pieds sur le dernier barreau. Mon corps est plié en deux, le torse couché sur la jupe arrière. Je suis en train de m'endormir. Je risque de mourir d'hypothermie, je le sais. Les vagues semblent vouloir continuer de m'aider. Elles me secouent les unes après les autres, comme pour me dire « ne reste pas là ». Mais je n'entends plus le clapot. Il est couvert par une symphonie jouée à fond par l'autoradio. Tristan et Isolde. Wagner est en train de me donner de sa force rouge cardinal. J'arrive à ramper dans le cockpit. Je le traverse et me laisse tomber dans les escaliers de l'habitacle. C'est en bas qu'il fait le plus chaud. Ou plus exactement le moins froid.

Je me retrouve sous la table du carré et tire à moi les assises de la banquette pour en faire des couvertures. Un objet dur chute avec les coussins et vient me cogner la joue. Il s'immobilise au sol quelques centimètres devant mes yeux. C'est un livre. Un livre avec Schrö en couverture.

Chapitre 13

Je croise mon reflet dans le miroir de la porte de la salle de bains. J'ai l'impression d'avoir aperçu un zombie. J'ai les cheveux rougis par le sang, les lèvres bleues, la peau blême.

Je coupe l'autoradio qui joue maintenant du Mozart. Le bateau bouchonne toujours. Le génois faseye dans des claquements secs de désapprobation. Je verrai plus tard. J'aperçois mon téléphone éteint dans un équipet. Je verrai plus tard.

J'ai encore froid. J'ai soif. J'ai faim. Veste de quart. Café. Foie gras. Gelée de groseilles. Je reprends quelques forces l'œil rivé sur mon téléphone, comme si c'était un objet tabou. Je le prends dans les mains, mais je n'ose pas l'allumer. Pas encore. La réponse est sous mes doigts, je le sais. Mais il me faut d'abord retrouver quelques forces. Je tremble encore comme une feuille. Une feuille morte ? Suis-je encore dans un délire ? Je n'ose pas vérifier. Retarder encore un peu le retour à la réalité. Quelle réalité ? Est-ce que nous avons échangé des SMS avec Alice, ce qui voudrait dire que j'ai vraiment fait demi-tour sous ses yeux dans le port de Sète. Est-ce que je lui ai envoyé un SMS pourri de rupture ? Je redoute les réponses. Pas encore, je suis trop faible. J'essaye de penser à autre chose. Le foie gras se marie plutôt bien avec le café, faute de sauternes. Je n'aurais pas cru.

Je ne veux plus être une autruche. Je prends une grande inspiration et me décide enfin. Mes mains tremblent. Est-ce le froid ou la peur ? Certainement les deux. Je dois m'y reprendre à plusieurs fois pour entrer mon mot de passe et ouvrir l'App Messages. Je fais défiler les SMS avec le pouce. J'ai envoyé des centaines de messages à Alice ! Je tremble encore plus !

Je tords le cou de l'autruche et les fais défiler un à un. Il est question de nuancier de couleurs dans la boîte aux lettres, de dîner chez des amis, de pain à ramener, de passage au pressing, de rendez-vous à l'hôpital de Montpellier... Ce ne sont que de vieux messages. Le dernier que je lui ai envoyé, c'est « on prend ta voiture ou la mienne ? » C'était juste avant que nous partions au CHU de Montpellier pour honorer notre rendez-vous avec le docteur Gillet. Je pousse un immense soupir de soulagement. J'ai donc bien inventé tout ça suite à mon traumatisme crânien. Je regarde la date sur mon téléphone, nous sommes le 23 août. Je vérifie l'année. Oui, j'ai bien pris la mer il y a moins d'une journée. Une éternité !

J'ai envie d'appeler Alice, mais une petite voix intérieure me conseille de ne pas le faire.

Je feuillette le livre avec Schrö en couverture. Je lis une phrase au hasard. Il est question de la relativité du temps. Je regarde autour de moi, la banquette du carré est couverte de sang. J'ai donc passé tout mon délire schizophrénique, ici, plongé dans ce livre de physique.

Inspection du bateau. Rien n'a bougé. La canne à pêche est toujours dans son équipet. Aucun « y a qu'à » du bateau n'est devenu un « il suffisait de ».

Je m'approche de la bôme et découvre le mousqueton de la grand-voile qui sautille au pied du mât, au gré des vagues. Je le fixe à la voile et peux enfin la monter pour pouvoir faire demi-tour. Mon GPS qui n'a jamais cessé de fonctionner m'indique que je suis à 40 milles du port.

Le vent a repris une teinte marron dans mes yeux. À nouveau à la tramontane. Serait-ce mon esprit qui aurait fait changer la direction du vent quelques heures pour que je puisse le rejoindre à la nage ? Je me refuse d'y croire. C'est un vent capricieux.

J'observe la couverture de l'essai. J'ai l'impression que Schrö est vivant, qu'il me sourit et qu'il va s'échapper. À la réflexion, ce livre faisait aussi partie des « y a qu'à ». C'était précisément un « y a qu'à jeter les bouquins de l'ancien proprio, qui font du poids et qu'on ne lira jamais ». Un « y a qu'à » que j'ai sorti d'une cale en même temps que le baudrier d'escalade.

La mer est courte et formée. Le vent est face à ma route. Le bateau gîte à plus de 30 degrés. Je n'ai plus d'essence. J'ai perdu beaucoup de sang. J'ai mal à la tête. J'ai envie de vomir. J'ai une cheville en vrac. Mais je m'estime sincèrement comme le plus heureux des hommes !

Je règle les voiles au près serré et prends le cap de Sète en confiant la marche du bateau au pilote automatique. Je me replonge avec une certaine curiosité dans l'essai de l'ancien propriétaire. Je m'arrête sur l'histoire du chat de Schrödinger.

En 1935, le physicien Erwin Schrödinger proposa, avec un brin de provocation sadique, une expérience pour mêler les lois du monde que l'on connaît et les lois de l'infiniment petit. Il imagine enfermer un chat vivant dans une caisse hermétique avec une fiole de poison pouvant le tuer à tout moment. Cette fiole est reliée par un mécanisme à de la matière radioactive et un compteur Geiger. Si un noyau radioactif se désintégrait, le compteur le détecterait et briserait la fiole tuant aussitôt le chat.

Selon les lois de l'infiniment petit, tout n'est que probabilité, le noyau radioactif doit donc être considéré comme étant à la fois dans les deux états : entier et désintégré. Du coup, le chat se trouve mathématiquement dans les deux états : vivant et mort. Ce qui est pour le moins incongru.

De nombreux physiciens célèbres comme Everett Hughes apportent une jolie solution à ce paradoxe : la théorie de l'existence de mondes parallèles. Dans un monde, le chat continuera de vivre. Dans l'autre, il va mourir.

*

Dans la conclusion du livre, je comprends maintenant pourquoi l'ancien propriétaire de ce bateau, en bon physicien, a décidé de le baptiser *3=1*. C'est une vérité quantique que l'on retrouve sous des formes diverses dans la plupart des religions. Celle des chrétiens est fondée sur les trois piliers que sont le Père, le Fils et le Saint-Esprit. Le Père correspond à l'énergie vibratoire qui englobe tout le cosmos et que l'on appelle Dieu. Le Fils représente cette onde qui s'est faite matière à travers Jésus. Enfin le Saint-Esprit, c'est la conscience qui permet de passer d'un état à l'autre. Énergie, matière, information, les trois sont liées et ne font qu'un.

*

3=1 pointe enfin son étrave à moins d'un mille du port de Sète !

Je quitte mon T-Shirt Mona Lisa et enfile machinalement la marinière bleu nuit et blanche de mon délire. Je passe une casquette pour cacher l'hématome sur mon crâne. Le moteur de *3=1* refuse de démarrer. Je suis en panne sèche. Ce moment a un air de déjà-vu.

Appel sur le canal 9 pour prévenir que je ne suis pas manœuvrant et que je demande une assistance. La capitainerie de Sète me demande de patienter cinq minutes exactement avec les mêmes mots que dans mon délire. Elle me prie une nouvelle fois de viser la station d'essence. On va venir m'aider.

Par superstition, j'envoie le même SMS à Alice : « J'atterris. » Je sais que la fête est terminée. Je vais atterrir dans tous les sens du terme. Tant mieux !

Je réduis la grand-voile et roule complètement le génois. Puis je fais quelques empannages devant la jetée pour patienter tout en restant manœuvrant.

Alerte SMS sur mon téléphone. C'est Alice : « J'arrive. Il faut qu'on parle ! » La même réponse, au mot près !

Si je revis la même scène, c'est que je ne suis peut-être pas encore sorti de ce cauchemar-hallucination-délire ! me dis-je en redevenant livide.

Il y a encore une chance que ce soit un simple hasard. Que lui avais-je répondu ? Je fouille dans ma mémoire et je me souviens : « Ponton essence. » J'ai envie de changer le contenu du texto, ou au moins de l'écrire de façon moins laconique, mais une force que je ne maîtrise pas guide mes doigts et lui poste ce message en deux mots.

Elle me renvoie coup sur coup deux SMS. Je vérifie. Oui, j'ai bien reçu : « Le docteur Gillet a mis l'enveloppe dans notre b aux l » puis « je l'apporte ». Les mêmes réponses.

Une nouvelle idée qui me terrifie, me traverse l'esprit. Mon retour au port de Sète n'est peut-être pas une invention délirante. J'ai peut-être déjà vécu cette scène une infinité de fois. Et mon traumatisme crânien a simplement débloqué le souvenir de ce moment précis dans mes vies passées. Tout est déjà écrit parce que tout se répète à l'identique, indéfiniment. Sans échappatoire. Sans l'élévation de l'âme d'une vie à l'autre en changeant de cycle ou d'univers. Quelle tristesse que cette fatalité ! Alice, tu es condamné à être malheureuse toutes tes vies à mes côtés parce que si le temps linéaire n'est qu'une illusion, il ne s'écoule pas non plus en spirale comme je l'espérais, mais inlassablement de façon circulaire...

Sans m'en rendre compte, je reproduis les mêmes gestes en slalomant entre les digues du bassin. Je tire un bord en direction des pompes à essence. Je perçois les hautbois jaune citron et les tambours olive de la fête de la Saint-Louis. Alice s'approche sur le quai avec exactement la même démarche que dans mon délire. Elle tient de la même façon la grande enveloppe blanche avec un logo bleu à la main. L'enveloppe est déchirée. Elle l'a ouverte. Aucune trace du Zodiac du port. Je choque en grand la voile pour arrêter le bateau. Je suis à quelques mètres de ma femme. Le bateau est parallèle au quai. On se dévisage. Gravement. Silencieusement. Comme on l'a déjà fait certainement une infinité de fois, au même endroit. Le courant rapproche le bateau du ponton. On est maintenant assez près l'un de l'autre pour se regarder dans le blanc des yeux.

Une idée me traverse l'esprit. Mon cerveau reptilien l'estime raisonnable. Mon cerveau limbique également. Mon cortex acquiesce. Je lance sans hésiter une aussière à Alice qui l'attache à une bite d'amarrage.

Je saute aussitôt à terre. J'ai envie de m'excuser pour l'infinité de fois où je lui ai gâché la vie et pour l'infinité à venir, mais elle ne comprendrait pas. J'ai envie de la prendre dans mes bras, de l'embrasser, mais je ne m'en sens pas digne. Je reste pétrifié sans oser la regarder. Elle me tend fébrilement l'enveloppe ouverte sans un mot. Je vois que ses yeux sont chargés de larmes. J'inspire profondément, désolé. Je ne pense pas à ma maladie mais à toutes les souffrances que j'impose à Alice depuis toujours.

Alice, toujours en silence, insiste en approchant un peu plus l'enveloppe. Je sors la feuille de papier, à l'en-tête du CHU de Montpellier. Le premier mot que je lis au milieu du courrier, c'est un mot en gras : « Positif. » J'encaisse. Comme un boxeur. J'accepte sereinement cette réalité. L'autruche qui est en moi s'est réincarnée en lion. Je vais me battre contre mon cancer maintenant avéré. Pour Alice.

Je poursuis ma lecture du rapport d'analyse, mais j'ai du mal à lire tant les couleurs de la musique de la fête de la Saint-Louis brouillent ma vision. Tout ce que j'arrive à déchiffrer n'a ni queue ni tête.

— Je… je ne comprends pas, dis-je finalement.

— Je suis enceinte ! murmure-t-elle.

— Pardon ? Je ne comprends pas.

— On attend des triplés mon amour… Les trois ovules inséminés ont tenu. Tu as bien fait d'insister, le docteur Gillet fait des miracles !

Je regarde l'en-tête du papier à lettres, et je lis Docteur Agnès Gillet, gynécologue-obstétricienne. Qu'est-ce qu'il se passe ? Je me force à tousser et constate que ma salive n'a ni un goût ferreux, ni une couleur vermillon. Comment est-ce possible ? Où suis-je ?

— Ça te fait quoi de devenir papa ? sourit-elle en se blottissant contre ma poitrine.

Je sursaute légèrement comme si j'avais perdu l'habitude de tout contact physique depuis des millions d'années. La chaleur de sa peau effrite aussitôt la muraille qui enveloppait ma solitude.

« Devenir papa » raisonne encore dans mes yeux avec une persistance rétinienne couleur abricot.

— Tu ne dis rien ? ajoute-t-elle dans un murmure.

Son timbre de voix est subitement devenu pour moi la plus merveilleuse de toutes les couleurs visibles et invisibles.

Je l'entoure finalement de mes bras en savourant ce moment que je commence enfin à comprendre. Je respire profondément dans ses cheveux et lui réponds dans un chuchotement :

— C'est une nouvelle vie qui s'écrit pour nous et elle est magnifique.

Au-dessus de nous, je remarque un goéland. Ses ailes ivoire ont les pointes cendrées. Ses yeux carmin surplombent un bec jaune primaire. Il tournoie doucement dans le ciel, s'élevant en spirale.

À Rose et à Antoine, qui je l'espère
poursuivent avec bonheur leurs chemins
dans des univers parallèles.

Remerciements

Merci à tous ceux qui m'ont fait l'honneur de lire les premières versions de ce texte et dont les remarques constructives m'ont été extrêmement précieuses. Je pense en particulier à Marion Lamarque, une formidable coloriste.

Merci à mon réseau d'amis sur les réseaux sociaux qui m'a aidé à trancher sur le choix du titre de ce roman.

Merci à Louise Danou et Claire Le Menn de chez Flammarion pour leur confiance et leur enthousiasme. Merci à François Durkheim et Marie Dos Santos pour cette magnifique couverture.

Merci à ma femme Élodie, pour son soutien inconditionnel.

Mais surtout, merci à vous chers lecteurs. J'espère que vous avez pris autant de plaisir à lire cette odyssée que moi à l'écrire.

Enfin, je me dois de remercier *Loryma*, mon ancien voilier qui m'a courageusement transporté à deux reprises d'un côté à l'autre de l'Atlantique et qui s'est débrouillé pour que j'en revienne vivant, sans changer d'univers…

Jean-Gabriel Causse
jg@jg-causse.com

Instagram : jeangabrielcausse
Facebook : jeangabriel.causse

Cet ouvrage a été mis en page par IGS-CP
à L'Isle-d'Espagnac (16)

CET OUVRAGE
A ÉTÉ ACHEVÉ D'IMPRIMER
SUR ROTO-PAGE
PAR L'IMPRIMERIE FLOCH
À MAYENNE EN AVRIL 2022

N° d'édition : L.01ELJN001052.N001. N° d'impression : 100381
Dépôt légal : mai 2022
Imprimé en France